婚約破棄
されまして(笑) 1

竹本芳生

Yoshiki Takemoto

RB
レジーナ文庫

アニス
エリーゼの専属侍女。色んな意味でなかなかのツワモノ。
ルーク
帝国の皇子。とある事情からエリーゼと協力関係を結ぶ。
エリーゼ
乙女ゲームの悪役令嬢。転生チートで異世界を楽しもうとしている。前世は佐藤百合子《さとうゆりこ》という孤独なアラフォー女性。
登場人物紹介

ジム
侯爵家の料理長で
エリーゼの協力者。
トムじい
侯爵家の庭師で
エリーゼの協力者。
キャスバル
エリーゼの長兄。
顔も性格もよくて
完璧なお兄様。
トール
エリーゼの次兄。
少しチャラいけど
優しいお兄様。
ハインリッヒ
エリーゼの父。
国の要所を治める
やり手の侯爵。
だが妻には弱い。
フェリシア
エリーゼの母。
可愛い顔に似合わず
鋭いツッコミをする。

目次

婚約破棄されまして（笑）1

ご令嬢、婚約破棄《はき》される

「エリーゼ・フォン・シュバルツバルト！　オーガスタ王国第三王子、ジークフリート・アルベルト・オーガスタの名において貴女との婚約を破棄《はき》する」

は？

オーガスタ王国第三王子様よ、本気か？　…………あれ？

まてまてまて……なんで王子様？　どうして王子様なんて思ったのかしら？　大体私に王子様の知り合いなんていないしね！　二次元の王子様はたくさんいるけど（笑）日本のど田舎《いなか》のさらに山奥みたいなところで暮らしているんだもの、王子様と知り合うなんて無理無理無理無理！

……いや、でも待てよ……私の脳がこの王子様とやらは知り合いだと訴えているのだけど……ハテ？　オカシイナー。

このやたらと煌《きら》びやかな場所もなんか見覚えがあるような気がする……

うーん？　映画？　マンガ？　違うな……テレビ？　テレビかな？　うん、テレビだった。でもアニメじゃない……ゲームだ……それも乙女ゲーム。

大人気だからって伯母《おば》さんが貸してくれたヤツ。〈ラブ・プリンセス　～君こそが愛《いと》しいプリンセス～〉とかベタなタイトルのやたらと人気声優たくさん使ってたヤツ！

あれだ！　あれのラストの断罪シーン……って……なんでカナー？　大体私、あのソフト伯母《おば》さんに返すつもりで……

そうだ家に帰ってなんかダルいし、ポーッとするから明日返しに行こうと思って、玄関のゲタ箱の上に置こうとしたらフラッとして……

体が熱くて薄着で倒れたの？　私……あんな寒いところで倒れて死んだの？　一人で？　乙女ゲームのソフト握《にぎ》りしめて？

それでよく読むラノベよろしく転生したの？　〈ラブ・プリ〉の世界に？　あろうことか悪役令嬢のエリーゼに？　しかも断罪シーン突入のところで記憶を取り戻したの？

私、何かしましたか？　神様！　中学で父母を亡くして祖父母と暮らして！　その祖父母だって高齢で亡くなって！　私二十四歳から十四年間、山の中の広い一軒家で孤独だったけど、清く正しく生きてきたじゃない！

何よ……転生してエリーゼになったなら……もう佐藤百合子《さとうゆりこ》じゃないじゃない……私、

一人で暮らして一人で死んだの……生活は恵まれてたけど、そんなのあんまりじゃない。そりゃあ〈お一人様〉だったけど結婚したいと思ったことくらいあったのに……ちくしょう……

ちくしょう！

転生したらしたで、王子妃になるための教育とか……エリーゼとしての記憶をザッと見たら、あまりのブラックさにヘコむわ！

労基《ろうき》があったらめちゃくちゃ叩かれちゃうなー、こんなのやってられませんよ。そんなに色々ガンバレませんって。そりゃもう王子様が逃がしてくれるなら逃げますって。

よし！　婚約破棄《はき》のったろ！

お父様ゴメーン（笑）

許してね！

「さすがにびっくりしたようだな！　だが、私の気持ちは変わらないぞ！」

おっと、返事をする前に痺《しび》れが切れちゃったか（笑）

こらえ性《しょう》がないなぁ、たぶん一分もかかっとらんぞ。

「どんなに抗《あらが》っても……」

「婚約破棄《はき》、承《うけたまわ》りました」

「……承《うけたまわ》りました？　だと……」

王子がキョトーンとしてるわ（笑）

そっちから言い出したんじゃない、後ろにいる小娘が新しい婚約者でしょ？　早く、それ言いなさいよ。

………………チッ、こっちから聞かなきゃいけないのかよメンドクセェ。

「殿下、そちらの方はどちら様でしょう？」

「何を白々《しらじら》しい！　私の可愛いマリアンヌをこれまでさんざん虐《しいた》げ侮辱《ぶじょく》しておいて！」

アホゥ！　何が可愛いマリアンヌ！　じゃ。こっちは五歳の頃から、お前の婚約者やぞ！

婚約者ほったらかして別の小娘可愛がるとか、ありえへんでしょうが！

まぁ、いいわ（笑）

「虐《しいた》げ侮辱《ぶじょく》したなど、記憶にございませんが……そちらの方が新しい婚約者になるのでしょうか？」

怒りで顔を赤くしたと思ったら、にこやかに振り向いて小娘を見つめる王子。

「あぁ、私の新しい婚約者マリアンヌ・フォン・ドゥルテだ」

ドゥルテ……聞いたことある、怪しさ大爆発な商会経営してる男爵だわ……

こっちは隣国との唯一の街道を持ってる辺境侯ですけど……しかも国内最大の港まで抱えてるのに……

まぁ、いいや。

しかし学園の卒業記念パーティーの開始直前、貴族は大勢来てるけど国王陛下も王妃殿下もまだ来てない状況でやっちゃってさぁ！

後の祭だしゲームなら家から追放されるとこだけど、こっちの家族関係は良好だから追い出されることもないかなぁ？　たぶん。

「左様《さよう》ですか、おめでとうございます。是非《ぜひ》ともお幸せになってくださいませ」

「えっ！」

「祝福……してくれるのか？」

二人してびっくりしないでほしいわ（笑）

当たり前でしょ、前世のこと思い出したらスーパーブラック企業も真っ青な王家に嫁《とつ》ぐとか無理ですー。

しかも五代前の王太子妃の事件がきっかけで、嫁《とつ》いでくる令嬢は完全監視のもと子供を産むまでほぼ監禁状態で過ごさなきゃいけないのよね。プライバシー丸無視とか、きついです。

「もちろんですわ。マリアンヌ様、殿下と末永くお幸せに」

ホホホっと笑って、フェードアウトしよう。断罪とか受け付けませーん（笑）

「では、失礼いたします。ホホホ……」

カーテシーをして、そそくさと……アルェ？　お父様が渋《しぶ》い笑顔でこっち見てる？　怒ってはいないみたいだけど、何かしら？

とか思ってたら、王子が後ろから何か言ってくる。

「エリーゼ、今まで大義であった。辺境侯の娘などという、田舎《いなか》の貴族令嬢を妻に迎えるわけにはいかなかったのだ」

はぁ？　バカか……辺境は田舎《いなか》って意味ちゃうんやで……

……って、お父様がめちゃくちゃ怒ってるわよ！　さっきの笑顔は怒りをこらえてたのね！

今まで婚約者だったから、関税も通行料も安くしてやってたのに知らないわよ！　お父様、やり手なんだから！

「左様《さよう》ですか……辺境は田舎《いなか》ですか……」

振り返ったら、マリアンヌ様ニヤニヤ笑ってますよ。貴女も残念思考の脳内お花畑ですか？

まぁ、いいですよ～。

私は田舎《いなか》に帰って、植生《しょくせい》とか色々調べたいしな。場合によっては、内政チートやら農業チートやら飯《めし》テロやら、やらかすつもりですから！　せっかくの異世界エンジョイしたいので！

私はクルリと出口に、というかお父様に向かって歩き出した。

……もっとも、たどり着く前に出口が騒がしくなってきましたけどねー。残念！


めっちゃザワザワしてるぅ！　パッカーと海が割れるように、人垣が割れましたわ！

その向こうから国王陛下と王妃殿下が青い顔して、歩いてきてます。

気持ちは分かりますよ！　宰相《さいしょう》のヴァン公爵がお二人に説明してるの聞こえてます。

お父様をチラ見したら、黒い笑顔で国王陛下見てるぅ（笑）

やだわぁ、絶対悪いこと考えてる。

真っ当な貴族だし、犯罪者思考じゃないけど、策略大好きっ子で体を鍛《きた》えるのも大好きっ子ですからなぁ……

文武両道を地で行く男ですから、お父様は！

関税と通行料は正規の金額に戻すだろうし、港の使用料も請求するだろうな。

他にも今まで融通《ゆうずう》していた物資やお金が色々あるのに、どうなっちゃうかなー。

「父上！　私はエリーゼとの婚約を破棄《はき》し、マリアンヌと新たな婚約をいたしました！」

バカですか！

婚約破棄《はき》は本来勝手にできることじゃないんだよ！　ついでに言うと、婚約も勝手にできませんわ！

ガチのバカでしたか！　バカ王子！

「……シュバルツバルト侯、すまない……なんで、こんなことに……」

あー半泣き顔だわ、陛下カワイソー！

まぁね、この国って隣国はたった一つでね。

国土がスペインの下側みたいな形で地続きになってるのは隣国だけなんだけど、国境にはアルプス山脈かな？　って思うくらいに高い山々が連《つら》なってて越えるのは困難なのよね。

唯一低くなってるのがウチの領の一部でそこだけが谷間みたいになってるの。陸路で行き来できるのは、その一ヶ所だけ。

しかも、海側もひどい。ウチの領と隣の領にだけ、砂浜や港がある。それ以外は断崖《だんがい》絶壁《ぜっぺき》。

下は岩場だらけで、波も荒い。船が接岸《せつがん》できる場所は三ヶ所だけで、うち二ヶ所がウチの領。

そんなところだから、辺境伯から位《くらい》が上がって辺境侯になった。っていうことになってる。

田舎《いなか》だから辺境って呼ばれてるんじゃないのよ、国境に接してるからよ。守るべき王都から見て辺境だからなのよ。

隣国との間で人も物資も行き来してる分、栄《さか》えてるのよ。

港には隣国以外の国の船も行き来してるから、王都より珍しいものだってあるのよ。

……なんか、悲しくなってきた。私、こんなことも知らないバカ王子と結婚する予定だったんだ……

「いや、構いませんよ。陛下、申し訳ないが近々娘を連れて領地に帰っても構いませんかな？　……どうやら娘は疲れたようですし、先々のことを思えば領地に帰るのが最善かと」

ウワァ……キレテルワー。

そっと周りの貴族を窺《うかが》えば、青い顔した方が何人も……大体は高位貴族の方だわ……

「あ……あぁ、そうだな……分かっ――」

「では陛下、失礼いたします。エリーゼ、帰るぞ」

はっや！　被《かぶ》せるが如《ごと》く、言い切った！

「はい、お父様。私、とても疲れましたわ」

「そうだろうとも、さぁ領都の邸《やしき》に帰ろう」

いったん王都の邸《やしき》に帰ってから、近いうちに領都の邸《やしき》に向かうってことだね。

だって、このまま領都に向かうには、ちょっと軽装すぎるもの。

この世界は剣と魔法の世界で色々できることがあるけど、魔物もいるから死亡率《りつ》は割と高い。

それに疲れたのは本当だし、お腹も空いた。

前世なら、お茶漬け食べてひとっ風呂浴びて不貞寝《ふてね》するくらいには疲れてる。

さっさか馬車に乗ります。対面《トイメン》にいる、お父様が無言です。……いや、今までずっと無言でしたけどね。

雰囲気わっるー（笑）

どうしようカナー。

馬車はー進むーよー、ガータゴートとー♪

王城から離れまーす。

一旦停止しました！　城門ですね！　さらば、王城！　今日のイベントは忘れない(笑)

……とか思ってたら動き出しました〜。早ーい。

「エリーゼ、あのバカ王子にこれまで付き合わせて悪かったな」

お父様が謝った！　お父様、なんにも悪くないのに！　あのバカ王子のせいで！　許すまじバカ王子！

「いえ、お父様。お父様がそのように仰《おっしゃ》る必要などありません」

「フゥ……もう少し見所があると思っていたのだが、見込み違いだったようだ」

やっだー！　美中年の溜息《ためいき》とかセクシィー！

眼福《がんぷく》ですぅ！　ゴチでーす！

「あんなにバカだと、付き合うのもためらわれるな……とにかく、婚約破棄《はき》を受け入れたのは正解だったな」

「フフッ、正解ですか。ありがとうございます、もしお叱りを受けたらどうしようかと……」

いや、叱られるとは正直思ってなかったけどね。……はっ！　お父様がニヤリと笑ったわ！　素敵！

「叱らんさ、まぁ……まさかあのような場で下らない茶番のようなやり取りが行《おこな》われるとは予想もしていなかったがな」

「あー、そうですよねぇ。私もあのように騒がれるとは思ってもおりませんでした」

あーやだやだ、溜息《ためいき》出ちゃう。

幸福が逃げちゃうわぁ、今日のラッキーアイテムのスイーツ食べたくなってきた。今日の占いとかありませんけど。

…………おや？　馬車が止まった…………

ってことは、お家に着いたー！　ヤッター！　ヤッター！　ヤッターマ……言えぬ！

あっぶなー、懐かしアニメのタイトル、うっかり言っちゃうトコだった。

「ふむ、話し込んでいたらもう邸《やしき》に着いたか。食事を済ませたら皆で今後のことを話そう。よいな」

さすが、お父様！　分かってらっしゃる。ニッコリ笑顔でお返事よ！

「もちろんですわ、お父様」

お家ごはん。とその夜

やっと王都の邸《やしき》に着きました。ゴトゴト進む馬車の振動が空きっ腹に響いて辛かったんだ。

あー、お腹空いたー。ゴトゴト進む馬車の振動が空きっ腹に響いて辛かったんだ。

腹ペコリーナな私は、ガッツリごはんが食べたいデス！

そのためには、邪魔くさいコルセットを外さねばならない！

私のウエスト五十六センチなのに、さらに絞《しぼ》ってくれてるからね！　私の侍女、優秀だけど容赦《ようしゃ》ない！

従者の手を借りて馬車から降りたら、すぐ言わないと食堂に直行しちゃう。心の中で、ヨッコイセと呟《つぶや》いて馬車から降りる。

「お父様、着替えてきますので少々お待ちください」

馬車を降りようとしていたお父様が、ニコリと微笑《ほほえ》みましたわ！　やぁン、キュンキュンするぅ！

「あぁ、楽な格好にしてくるといい。少し長引くかもしれんからな」

「ありがとうございます。では、失礼いたしますわ」

ダッシュ！　……はできないから、優雅に見えるように早歩き。

令嬢としての記憶も、前世の記憶もあいまいだけど、思い出そうとすればちゃんと思い出せる。

不思議なことだけど、そういう仕様なのかと思えば納得できた。

今も自室に向かおうと思っただけで、体は勝手に動いていく。

ご都合主義か？　とツッコまれるかもしれないけど、事実なのだから仕方がない。

慣れ親しんだ動きで、カチャリと扉を開けて中に入ると、部屋付きの侍女アニスが慌てて駆け寄ってくる。

「エリーゼ様、せっかくのパーティーですのに、こんなに早くお戻りだなんて……どうして……」

やんだー、涙目の侍女とか可愛い～じゃなくって、用件言わないと。

「アニス、色々あったのよ。着替えたいから、手伝ってちょうだい。……楽な格好になりたいの」

「はいっ。コルセット、お取りしますね」

準備をしにパタパタと駆けていくアニスは、私の一つ下の十七歳だ。

身長もちょっと低くて可愛いんだよな〜。

アニスに呼ばれて、ゆっくり衝立《ついたて》の向こうに行くと、シンプルな空色のドレスと柔らかい布で作った靴《くつ》が用意してあった。

黙って立ってるだけで、ドレスもコルセットも取っ払われる。

何も言わなくても、アニスの動きに合わせて体が勝手に動く。

クルクルと動き回って、ボーッとしてる間にドレスの着付けが終わった。

「お待たせいたしました」

「ありがとう、これで心おきなく食事できるわ」

アニスはペコリと頭を下げて、さっきまで着ていたドレスを抱えて消えた。洗濯室に向かったのだ。

今日の日のために作ったドレス。ちょっとしか、着てあげられなかった。でも……そのうち着倒してやらぁ！

さぁ、ごはんごはん♪

この世界のごはんってどんなんだっけ……素材の味と塩味だっ！　甘いものはといえば、蜂蜜《はちみつ》と果物だけだっ！

今さらだけどショック！

うぬぅ……料理チートで飯《めし》テロは必ずやらかしたる！　絶対にだ！

それよりお父様が待っとるから、はよ食堂に行かな！　はっや歩き～♪

食堂到着～。……もう家族全員いるわ……。

テーブルにあるのは、骨付き肉（たぶん塩味）、焼き野菜（これも塩味）、スープ（肉と野菜の出汁《だし》が効いた塩味）。

はい、我が家の定番メニューですね。切ないわぁ。

「では、いただこうか」

お父様のかけ声で、皆それぞれの席で黙々《もくもく》と食べ始める。美味《おい》しいけど、ちょっと寂しいや……。

この世界にもハーブとかあるはずなのに、まだ普及してないんだな……食生活が貧しいわけじゃないけど、塩味だけじゃ物足りない。

せっかくのウチごはんなのに、テンション下がる。うん、せめてウチごはんだけでも豊かにしよう！

もぐもぐタイムです。ちょっぴり切ない、もぐもぐタイムです。

ほんのり甘さを感じる肉と塩の味……不味《まず》くはないです。

ただ……前世で慣れ親しんだ、コショウが猛烈に恋しいです。

焼き野菜、美味《おい》しいなー……お塩をパラリ。うん、野菜の甘さが引き立ってる～。

でも、醤油《しょうゆ》の方が引き立つよね！　日本人的に！

お肉と野菜の出汁《だし》がよく出たスープも、美味《おい》し～い！

でも、コンソメじゃなくて塩味だし！　鶏ガラでもなければ、和風のお出汁《だし》でもない……なんか……なんか一味足りない。

どうしてだろう…………………

治癒《ちゆ》魔法のおかげで、医療も進んでない。当然、薬というものがほぼない。ポーションはある、が……あれは薬ではない。

状態異常を治す薬はあるけど、あれも前世の知識で言うところの薬とは違う。

なんせ、錬金術師《れんきんじゅつし》が作ってるんだもの（たぶん）。

聞いたところによれば……薬草を調合して作るというより、素材と呪文で作るらしい。

ハーブとかスパイスなんて、広まるどころか発見されてませんからー。

ちくしょう！　魔法が便利なのも考えものだな！　治癒《ちゆ》魔法が高価じゃないのも医療の遅れに拍車をかけてる。

ちょい傷程度なら、安価で対応してもらえるからね……

小銭だが、ちりつもで商売が成立してまーす。ってことらしい。

結構な傷はそこそこ高価な設定みたいだし、そこはまぁ分かるわ。

でもやっぱりね、なんか体によさそうってことで草とか木の実とか試してみないのは残念だと思うの。

ハーブ&スパイスってそこら辺がスタートだと思うのよ。

エリーゼとしての記憶の中には、前世で聞いたことない植物とかあるし気になるんだよね。

いや、この世界の様々なものの名前が日本語と同じってのがまた……分かりやすくていいんですけどね（笑）

はぁ……とりあえずコショウ欲しい。あと、砂糖。甘いもの食べたい……

出された食事を、やっとこ食べ終える。

……食後のデザートは果物か……ふぅ…………あれ？

果物、丸かじりやん！　マジか！　皮、剥《む》かんのかーい！

思い出してみればこれまでも丸かじりだったり、そこに置いてあるナイフで適当に切ったのをかじったりしてた。

ナイフがあるのになんで…………って、まずナイフの使い道に皮を剥《む》くってのがないんだわ。

よし！　剥《む》こう！

リンゴがあるのに、丸かじりとか嫌！　このナイフ、ちょっと使いにくいけど大丈夫！

………剥《む》けましたー！　美味《おい》しそーう！

周囲の視線が突き刺さっております。気にしたら負けだ！　食べよう！

え………思ったより酸味があるなぁ…………でも、食べたことあるような……うーん？　…………分かった！　紅玉《こうぎょく》だ！

嫌いじゃないけど、甘いふじとか食べたいや……

終了です。もぐもぐタイムは終了です。お父様が家族を見回しました。

「うむ……皆、食事は済んだようだな。話があるが長引くかもしれん、サロンで話す」

サロン……いわゆる談話室ですわー。なんかね、面倒くさいです。

根っこが庶民だからかな？　いちいち移動しなくてもいいじゃん！　とか思っちゃうんですよ。

まぁ、面倒くさくても移動はしますけどね。

そんなわけで到着～♪　サロン、オシャレだな～。長椅子とかロマンチック～。

「皆、席に着いて楽にしなさい。今日エリーゼの身に起きたこととこれからのことを話す」


サロンの様々な場所に、個々人が気に入った椅子が置かれている。

エリーゼのお気に入りは寝椅子でした。ぐうたらですか？　ぐうたらですね（笑）

寝椅子自体が柔らかめで、さらに枕よろしく大小様々なクッションが置かれてます。

ただでさえ座り心地がいいのに、パフンとクッションにもたれかかると、うっかり寝てしまいそうに……

パーラーメイドが紅茶を置いてくれました。

サロンや応接室がメインの職場となるパーラーメイド、誰も利用しないときは隅《すみ》っこで立ちっぱらしいです。

大変ですね！　私には無理ですっ！

ちなみに紅茶はストレートティーです。砂糖もミルクもレモンもないです。

あー午後のやつとか飲みたーい。……ないものねだりですね、言ってみただけです。

お父様は一人用の大きめソファですっ、革張りの豪華な逸品《いっぴん》です！　カッコイイです！　そんなお父様は、ハインリッヒって名前です。

お母様は布張りの長椅子に座ってます。可愛らしい花柄ですが、価格は可愛くないです。あの花柄、全部手描きなんですよ。しかも長椅子なんで結構な数があります。お母

様はフェリシアですよ、可愛いお名前ですよね♪

そしてお兄様、その一。私、一人っ子じゃないんです。彼のお気に入りは、布製の一人がけの椅子です。

肘《ひじ》かけ付きの猫脚《ねこあし》の椅子で、ちょっとオシャレなデザインに見えます。

お兄様その一、キャスバルいいますのん……

そのうちキャスバル兄さん！　とか言っちゃいそうで脇腹《わきばら》痛い。

で、お兄様その二はというと。

布張りの一人がけソファです……この世界のソファって割と高さがあるんですよね。

喫茶店とかにありそうなやつですわ。

お兄様その二は、トールって名前です。言いやすい名前ですね。

ウチ、五人家族です。いや……祖父と祖母もいますが、領地の港街（二つあるけど小っさい方）にて暮らしてます。

仲が悪いわけじゃないですよ、単に祖母が老後は好きな魚食べて暮らしたいって言い出して、祖父がヨッシャ！　叶えたろ！　って感じで引っ越しただけですから。

ラブラブですか？　ラブラブですよ！　な老夫婦なんですよ。羨《うらや》ましいこって！　憧《あこが》れるわ！

……やだ、お話に突入してない。

「今日はエリーゼの卒業パーティーだったが、ジークフリート王子が開始直前に婚約破《は》棄《き》を宣言した。あまりにも勝手な言い分と振る舞いだったので、陛下がいらしてすぐにお暇《いとま》させていただいた。ついでに言うと、領地に帰る宣言してきた」

お父様、簡単に言いすぎですぅー（笑）

パーティー開始→国王陛下祝辞《しゅくじ》→王妃殿下祝辞《しゅくじ》→卒業生が順次国王陛下と王妃殿下に挨拶《あいさつ》→全員の挨拶《あいさつ》終了後、卒業生代表として殿下と私が二人で踊る→通常の夜会へと変わる。

というのが、本来の卒業パーティーの流れだったのよね。

ダンス開始まで時間がかかるから、父親以外の家族は後からやってくるのが普通。だから来賓《らいひん》の貴族も少なかったんだけど……

それでもやっぱり噂《うわさ》好きな貴婦人とかチラホラ来てましたからー。明日には全貴族が知ることになるわ！

前世の世界のオカンネットワークといい勝負なんだから！　アナログな分だけなおさらすごいと感じるけど（笑）

「王都にいなくて大丈夫ですの？　ハインリッヒ、貴方……外務大臣でしょう」

はい、お母様のツッコミ来たー。

「知らん！　とりあえず、明日王城に行ったら関税と通行料を正規の金額に戻す手続きを進める」

やっぱりかぁ、これまで大分《だいぶ》安くしてたみたいだからなぁ……

「まぁ、そうですのね。関税も通行料も正規の五分の一でしたから、これで領地も潤《うるお》いますね」

マジか！　お母様、ぶっちゃけてますやん（笑）

五分の一は安すぎるよ……お父様、思い切りがよすぎです。

「全くだ、だが陛下は最初、十分の一の金額を提示してきたからな。……ふざけやがって……」

ぎゃー！　国王陛下ってば何考えてんのよ！　いや、辺境侯が力をつけすぎないようにとか考えたかもしれないけど！

ウチは私兵の数も多いから、お金かかるんだよ！　五分の一にしたお父様、さすがです！　さす父ですわ！

「全く……だが、これで領地運営に余裕ができれば、新しいことが色々できますね」

「兄上の言う通りです」

おぉ、お兄様たち仲いい～。ところで色々って何かしら？

「ふふ……あのダメ王子を押しつけられるだけでなく、大切な収入源も抑《おさ》え込まれておりましたが……ダメ王子のおかげで盛り返せますわ！」

オゥフ……お母様のやる気スイッチ入りましたわ。

「明日は議会が紛糾《ふんきゅう》するだろうし、キャスバルも一緒に来い。やり込めてやる」

「はい！　我が領地に有利に話を進めましょう！」

お父様とキャスバルお兄様もやる気スイッチ入りましたー！

「お二人とも、頑張ってくださいね。私は領地に帰る準備をしたいと思っております」

私は私で色々やりたいことがありますから！

「…………そうか、準備か…………」

「はい、お父様」

えー、お父様なんでガッカリ感出してるのよ。何か問題があるのかしら？

……ぬぅ……思いつかないわ。

「領地に持ち帰るものを購入したいと思っておりますの。そのためにも時間が必要ですわ」

王都にしかないものとかあるかもしれないしー、ひょっとしたら誰か何か面白いものを作ってるかもしれないじゃん。

「エリーゼ、私に何か手伝えることはあるかい？」

トールお兄様が助っ人してくれるの？　助かるぅ！

「分かりません。ですが、お手伝いしてくださるなら嬉しいと思いますわ、トールお兄様」

「そうか、では明日は邸《やしき》で声がかかるのを待つよ」

ニッコリ笑顔のトールお兄様は本当に優しげで、ご令嬢方が騒ぐのも分かるわ。

……よく見たら、我が家の人々って顔面偏差値《へんさち》高めなのよねー。

私の顔だって、可愛い系ではないけど美人顔だしね。

「ふむ……特に必要なものはあるか？」

お父様に聞かれて考える。

……うーん？　植物図鑑《ずかん》とか…………持ってないし欲しいけど、売ってるのかな？

よし、聞いてみよう！

「植物図鑑《ずかん》があれば、欲しいと思っておりますが……」

「また珍しいものを欲しがるな。だが確かにあれは王都でしか売っていないな。いいだろう、トール、一緒に行って買ってこい。ジャスパー商会で扱っているはずだ」

返事はっや！　さす父！

トールお兄様が一緒なら、お金はお兄様が用意してくれるってことよね！　ラッキー！

ジャスパー商会って、確か貴族よりも学者や魔術師相手の商売が多いって噂《うわさ》の商会だ。図鑑《ずかん》とかこの世界じゃ珍しいし、学園でも見かけなかったのよね。

「エリーゼ、貴女どうして植物図鑑《ずかん》なんて欲しがるの？」

「お母様？」

やだ、思わず聞き返しちゃった。

「植物図鑑《ずかん》なんて、普通欲しがらないでしょう？　何かあるのかしら？」

ツッコミ鋭《するど》いわー（笑）

「ええ、色々調べてやりたいことがありますの。できれば王都ではなく、領地で試したいと思っております」

嘘は言わないわよ！　本当だもん。

「試したい……一体何を試したいのかしら」

クッ！　さらなるツッコミとか厳しいわ、ナンデヤネン。…………これはひょっとしたら、高価な本だからなのか？

そうだよ学園にないってことは、学園でも買えないような金額なんじゃないの？　いや学園にある本は貴族からの寄付がほとんどだけど、寄付するのがもったいないくらいの本とか？

どちらにしても、高価なのは確定だな。

正直に話そう、それが一番早くて正しい気がする。

「そうですね、食べられる植物を調べたいと思っております。野菜や肉などと一緒に食べることで、何か効果が得られるものがあるのではないかと」

おっ？　ちょっと興味ありそうな顔してるぞ。もう一押し行っとくか。

「また、何か加工することで食べる以外に使うこともできるのでは？　と思っております」

「なるほど、エリーゼなりに思うことや気付いたことがあっての考えなのね。できればきっかけを教えてくれるとお母様、嬉しくてよ」

きっかけね……言うと食いつくかもだけど……言っとくか。

「はい。学園でポーションを作る授業がありまして、ある草の汁が手についたのですが、そのことに気が付いたのはかなり時間が経ってからでした。それも学友からの指摘によって気が付いたのです……その、一部分だけツヤツヤしてる……と」

「まぁ！　ツヤツヤですって！」

お母様食いつきすぎー！　やっぱり美容ネタは食いつくよねー（笑）

「はい、ツヤツヤです。ですので色々試したいのです。もちろんそれだけではありません。これは噂《うわさ》で聞いたのですが、巷《ちまた》には怪しげな薬が売られているとか……何も知らないより、知識はある方がいいと私は考えております。お母様、私の我が儘《まま》を聞いてくださいませ」

ペコリと頭を下げて、しおらしさアピール！

「そうね、知らないよりは知っている方がいいでしょう。その噂《うわさ》は私も聞いたことがあるわ。……知識があれば対抗策になるかもしれないのね……」

お母様ったら何か思うところがあるのか、無言になっちゃったわ。

何やら思案するお母様を見つめるお父様。

……やだ……何かしら、よろしくない雰囲気が漂《ただよ》ってる。

「父上も母上も何か思うところがおありのようだ、明日のこともあるし我々は解散しよう。トール、お前は後で父上の執務室《しつむしつ》に寄って金をもらっておけ。エリーゼ、もう遅い……早く寝た方がいい」

キャスバルお兄様、何か隠してるわね！

まぁ、いいや！　疲れてるし寝よう！

「ええ、ではお先に失礼いたしますわ。お休みなさい、お父様、お母様、キャスバルお兄様、トールお兄様」

静かに立ち上がり、挨拶《あいさつ》した順に近づいて頬《ほお》にキスをする。って欧米かっ！

いや、やりますよ♪　美形家族にチュウとか映画みたいじゃん♪

「ゆっくり、お休み」

「今日は大変だったわね、お疲れ様エリーゼ。いい夢を」

「安心して構わないよ。私もエリーゼの味方だからね」

「エリーゼ、明日は一日一緒だね、楽しみだ」

お母様とお兄様たちが優しい言葉をくれる。

もう、お父様がちょっぴり寂しそうにしてるじゃない。ハァ……お父様に向かってスマイル！

…………よし！　嬉しそう！　さっ、寝よう（笑）

はいはい、自分の寝室《しんしつ》ですよ。湯浴《ゆあ》みも済ませて、寝間着《ねまき》ですわよ。お色気シーンはショートカットです。サービスなんて、しないんだからね！

……ただ今、一人きりの部屋で一人きりのベッドの上です。

目の前には枕がたくさんあります。ちなみに羽根枕ではありません。この世界に羽毛だとか羽根だとかはまだ流通しておりません。

基本、羊毛です。ヘンなところで古いのです。

今日の出来事を思い返して大きく息を吸う。すぅー。

「ふざけんなやクソがぁっ！　なんも人前でやることあるかぁ！　あったま悪い上に性格まで悪いとか、どうなっとんじゃぁあ！　ただで済むと思うなよぉ！　顔だけ男のクセにぃ！」

バッスゥ！

はい、顔を枕に押しつけての絶叫《ぜっきょう》です。つ・い・で・に、枕に思い切りワンパンじゃ！

…………え？　なんで枕貫通してるの？　しかも二個目の枕に拳《こぶし》が突き刺さってるし。

や……や……やばい！　私の拳《こぶし》、シャレになんない！

ハハハ……これは夢だ、夢に違いない。

そうだ、腕を上げてみよう。きっと目が覚めるはずだ。

…………あーっ！　一個目の枕がブレスレットのように腕にハマってる～。

しかも二個目はグローブのようになってる〜。

夢じゃない……夢じゃないよ……ママン……

フゥ。ちょっと落ち着いて考えてみよう。エリーゼになってからの体力とか、なんかそのあたりを。

……なんか……ご令嬢にしては、かなりアクティブだった記憶が……

なんで、物心つく頃から片手剣（木製）振り回したり、小っさい弓で石の鏃《やじり》がついた矢を撃ったりしてるの？

男の子みたいな格好でお兄様たちと一緒に駆け回ったり、お父様に馬に乗せてもらったり……

それだけじゃない……お母様から短剣の扱い方、仕込まれてましたぁ！

文武両道はお兄様たちだけじゃない、私もだわ！

黄金の右もお母様からの指導によるものだったわ。オッカナイ女だわよ、お母様ったら。

お父様とお母様は、お兄様たちだけじゃなくて私にも戦う術《すべ》を教えてくれた。

武器を持って戦う術《すべ》、素手で抗《あらが》う術《すべ》、戦略や戦術まで……人を騙《だま》す方法、騙《だま》されない方法、各種交渉術……さらに使える魔法は可能な限り高めて……

ベッドの上で息を整え、拳《こぶし》に軽く力を入れる。闘気が拳《こぶし》に集まっていくのを感じる。

腕にハマったままの枕を見つめ、そのまま流れるように拳《こぶし》を見つめる。

「私、鬼のように強かったんだわ……」

思わず口から出た言葉に、ちょっぴりダメージを食らう。あのバカ王子……殴らなくって、本当によかったぁ！

まぁ、よく考えれば陸側は国境だし山はあるわ谷もあるわだし。

海もあるでよ！　の方は、沖からデカい魔物がやってくることがあるから漁師もキレやすくて荒っぽい人が多いしな。

……この国って、ウチと隣の領以外は海岸線が断崖絶壁《だんがいぜっぺき》な上に、海はシャレにならないほど険《けわ》しい岩場に囲まれてて魔物が来ない代わりに船も近寄れないんだよね……

魔物が襲うのはウチと隣の領だけなんだけど、隣は遠浅《とおあさ》だから、デカい魔物は滅多《めった》に来ないみたいなのよねーウラヤマシー。

ウチの領の海岸線だけ、急にガクンと深くなっててさ……デカい船とか入り込めるからだんだん船が集まって港になって……

気の荒い漁師の子供たちとケンカしたりもしたっけ。

やだ、ヘコんでくるわー。

頑張って令嬢感出してたけど、かなりアクティブだったよね。

ただアクティブってだけじゃない、根っこはかなり武闘派だ。

………記憶をたどればたどるほど、見た目は令嬢なのに中身が……中身が残念すぎる！　昭和のヤンキー感がヒドイ！

まさに、細けぇことはいいんだよ！　難しいことは言わねぇで拳《こぶし》で語ろうぜ！　みたいな……頭はいいけど、気を抜くと脳筋《のうきん》寄りになるって……エリーゼ様……アカンやん。

いや、性格が男前すぎて他の令嬢方からの人気がすごすぎる。あぁ……なんか思い出したらダメな記憶がたくさんある気がしてきた……

ダメだ、寝よう！

拳《こぶし》の突き刺さった枕を左手で押さえて抜く。

改めて見ても小っさくないなー厚みもあるわー。

フゥ……溜息《ためいき》しか出ない。

続いて腕にハマった枕をソーッと抜く。たぶん思い切り抜いたら中身が飛び出してダメな感じになるだろうからね。

ド真ん中にポッカリ穴の空いた枕を、ベッドの向こうに軽く投げる。

よし！　見なかったことにしよう！

もう一つの枕をチラッと見て、同じようにベッドの向こうに投げた。

私は何もしてない！　何も見てない！　たとえ明日、怒られるとしても！
寝る！　お休み！

婚約破棄《はき》・翌日

ギヤァァァァァァ。
ギイイヤァァァァァァ。
…………うるせぇ！
ギヤァァァァァァ。
ギイイヤァァァァァァァ。
…………うるせぇんだよ！　あー、おかげで目が覚めたわ。
なんなのよ、もう！　普通、朝はチュンチュンでしょうよ。
前世ではホルッホーとかピーヒョロロとかもあったけど。
…………うん？
この鳴き声、エリーゼが可愛がって餌《えさ》やってた野鳥だ。
餌《えさ》の要求鳴きか、なんて鳴き声なのよ。
とりあえず餌《えさ》やりだ。サイドチェストを開けると干した果物がある。片手で鷲《わし》づかみにして、バルコニーへと出る。

瑠璃《るり》色の首長鳥で、見た目は実に美しい。

餌《えさ》を片手ずつに分けて差し出すと、実に優雅に啄《ついば》む……頭もよくて人気のある鳥なんだけど、捕まらないことでも有名な鳥なのよね。餌付《えづ》けして、見て楽しむのがせいぜいだ。

ガッ。

ガッ。

……どうやら、食べ終わった挨拶《あいさつ》らしい。

グガァァァァァァ。

ギガァァァァァァ。

……なんだ、その鳴き声…………分かってる、さようならの挨拶《あいさつ》だと。

キラキラと光る瑠璃《るり》色の翼、長い尾羽《おばね》は先に向かって色濃くなるグラデーション。

本当に美しく優雅……残念なのは鳴き声だけっ！

まぁ爽《さわ》やかな朝だし、きっと今日はいい一日だ。部屋に戻って、侍女に支度《したく》してもらおう。

って………うわっ!!

振り返って目に入ったのは、額に怒りマークがついてそうな笑顔のアニスでした。

両手には穴の空いた枕があり、存在感アピールしてました。

「おはようございます、エリーゼ様。この枕のことは今から奥様に報告してきますね」

!!　ヤバイ!!

「待って！　やめて！」

「無理です。もう何個目だと思ってるんです？　奥様からもさんざん注意されてるのに！　では」

確かにやってた！　かなりの数、穴空けまくってた！

ここで止めたら、説教タイムが延《の》びる！　私のバカ！　ちゃんと思い出して対策しとかないなんてっ！　…………腹を括《くく》ろう、女は度胸だ。

うぅ…………お母様の説教怖いよぅ……

報告されました。朝の支度《したく》を済ませた頃にお母様がいらっしゃいました。

…………お母様の説教は短かったです。ただ、今度穴を空けたら地獄《じごく》の特訓ね♪　と素敵な笑顔で仰《おっしゃ》られました。

最悪です。どこぞのブートキャンプの倍以上厳しい特訓です。体力と精神力をガリガリ削る特訓です。

……気を付けよう……本当に。

さぁ！　気を取り直して、朝ごはんに行こう！

というわけで食堂到着……そうだ……ごはんの残念感のこと、忘れてた……

いかにも硬そうなパン（古代のパンのようだ……）、目玉焼き（塩振って、しっかり焼いてまーす）、焼き野菜（味付けなし）、茹《ゆ》でた肉（塩味）、野菜たっぷりスープ（うっすら塩味）、リンゴ（丸のまま置いてあります）。

この世界では、かなり豪華な朝食です。

……………塩味ばっかり、食ってられるか！　内臓やられるわ！

ちなみに朝はバラバラに食事とるんだよねー。今は私一人でテーブルについてます。

どーしよっかなぁ、トールお兄様呼んでもらおっかなぁ？

「エリーゼ、おはよう。今日は楽しみだね」

呼ばなくても来たぁ！　以心伝心《いしんでんしん》ですわぁ！

「おはようございます、トールお兄様。高価な本を買っていただけると思うと、胸が高鳴りますわ」

カマかけたろ！　引っかかれ！

「ふふっ、そうかい？　まぁ確かに昨日、父上から渡された革袋はかなり重かったからね。私もドキドキしてるよ」

やっぱりか！　しかも、ドキドキするほど重いのか……ん？　まてまて、それってどんなドキドキよ？

「まぁ！　トールお兄様もドキドキなさってるの？」

聞いてみたら、ニッコー！　と、めっちゃ爽《さわ》やかな笑顔を食らいました！

「あぁ！　結構な大きさの革袋二つで、一人で運ぶのは勇気がいるね。だが大丈夫だよ、エリーゼより軽いからね！」

は？　何言うてますのん？　いつ、私の重さを知りましたん？

憶測《おくそく》でモノ言うなや！　ハラタツー！

「私より軽い……ですか？　トールお兄様……お兄様は一体私がどれくらい重いと思ってらっしゃるのかしら？」

笑顔！　笑顔よ、エリーゼ！　どんなにムカついても笑顔よ！

「あっ……いや、モノのたとえだよエリーゼ。それくらい重いっていうね」

はぁ？　それくらい重いってどういう意味……って、なんで、そんなに怯《おび》えた顔になりますのん？　トールお兄様よ……

「そんな顔すると、母上そっくりだな……」

ぎゃあー！　どえらいこと言われた！　私、お父様似なのにぃ！

ビクビクしながら朝食をいただいてるトールお兄様。それをじっとり眺《なが》めながら私も朝食をいただきます。

まぁ、でも金貨なら重いだろうな……私とどっちが重いかは、体重計がないから分からないけど（笑）

さて、いつまでもトールお兄様をビクつかせるのはよくない。そろそろ、やめとこ。

軽く息を吐いて、気持ちを切り替えて話しかける。

「トールお兄様、お父様とキャスバルお兄様をお見送りしてからジャスパー商会に参りましょう」

たったこれだけでトールお兄様は分かってくれた。お兄様も軽く息を吐いて、いつもの優しい笑顔を向けてくれる。

「あぁ、そうだね。きっと父上も兄上もエリーゼに見送ってもらえたら嬉しいと思うよ。商会にいい図鑑《ずかん》があるといいね」

こんなとき、家族っていいなって思う。

「ええ、国内の植生《しょくせい》についての図鑑《ずかん》が欲しいと思っているのですが……」

思わず出た言葉に、トールお兄様は思案顔をする。

「ふむ……それなら普通の植物図鑑《ずかん》と一緒に、地方植生《しょくせい》一覧表を買った方がいいんじゃないか？」

え？　何その一覧表。初めて聞くわよ？

「ん？　地方植生《しょくせい》一覧表は初耳か？　商人やギルド、冒険者なんかも使う一覧表で、結構分かりやすいらしい。これを機に買ってみるのもありかと思ってるんだが、どうかな？」

ナイスです！　買い一択ですわ！

「是非《ぜひ》とも手に入れましょう！　ありがとうトールお兄様！　初めて聞くけど、興味深いわ」

テンションが一気に上がって嬉しさが溢《あふ》れてくる。トールお兄様もそんな私を見て、嬉しくなったみたい。二人ともご機嫌で朝食を食べ終えた。

私たちはエントランスホールでお父様とお兄様を待つことにした、どうせそのうちに現れるのだから。

たいして待つこともなく、お父様とお兄様は現れた。

「お父様！　キャスバルお兄様！　おはようございます。今日は王城に行かれるのでしょう？　いいお話を晩餐《ばんさん》のときにでも聞かせてくださいませね！」

朗らかに笑うお父様とお兄様の笑顔が眩《まぶ》しい。きっと今日はいい一日になる。そんな気がする～。

とか思っていたら。

「貴方、キャスバル……期待しておりますからね」

背筋がヒンヤリするような、静かで威圧的な声が後ろからした。振り向けば、そこにはもちろんお母様。

普段は見た目の可愛さとおんなじ可愛い声のお母様ですが、ちょっとトーンが変わるだけで怖さマシマシです。

空気がピリピリしてきました。そんな中、お父様がカツカツとお母様に近づいていきます。……お父様？

なんと私たちの目の前で、ガッとお母様を抱き締めました！　えー？？？　お父様そんなキャラでしたか？

チラチラッとお兄様たちを見ると、二人とも落ち着いてます。どうやら、見慣れた光景のようです。

……今まで朝は最後に起きていたので、私は初めて見ました。

「期待しててくれ、今日はキャスバルもいる。十三年前とは違うし、王家は負い目を感じてるだろう。今度はこちらが有利なはずだ」

……十三年前……私の婚約のときのお話ですね。

お父様の静かな闘志を感じます。お父様だけではありません、キャスバルお兄様からもです。

普段キャスバルお兄様は次期領主として、領地にいるお祖父様と王都にいるお父様の間を行ったり来たりして忙しく過ごしています。

私が学園を卒業したら家族でゆっくり過ごせるように頑張ってきたと仰《おつしや》ってたキャスバルお兄様。

ゆっくりとか無理な状況になって、ごめんなさい。と心の中で謝っとく。

だって私が悪いわけじゃないもーん、バカ王子が悪いんだもーん。

「ええ、私も出かけなければならなくなりました。朝方急使《きゆうし》が来て、今から王妃殿下のもとに参ります」

急使《きゆうし》が来たことに気が付きもしなかったわ。

それも今からって、お茶会の時間でもないのに……

しかも王妃殿下からとか……ってお父様、落ち着いてるわね。

「そうか、一緒に行くか？」

「いえ、別々がよろしいでしょう。お互い話がいつ終わるか分かりませんもの」

「そうだな。では、私たちは行くよ」

「はい、行ってらっしゃいませ」

そう淡々と会話をして、お互い頬《ほお》に口づけてからお父様は出ていった。

キャスバルお兄様も無言でお父様の後ろについていく。シリアスな雰囲気にドキドキしちゃう。そして、お父様とお兄様の格好よさにもドキドキが止まりません！

「トール、エリーゼ、私も出ます。二人は買い物なりなんなり楽しんでいらっしゃい」

そう短く告げると、お母様も優雅に出ていこうとします。

おっと、イケない！　挨拶《あいさつ》しなきゃ！

「お母様、行ってらっしゃいませ」

「母上、お気を付けて」

扉が閉まる前に振り向き様、いつものふんわりとした微笑《ほほえ》みを私たちに向けるお母様。

「貴方たちもね」

そして、行ってしまいました。閉まった扉を見つめながらお兄様に問う。

「私たちも出ますか？」

「そうだね」

即レスです。さぁ、お出かけだ！

お昼前ですが、邸《やしき》に帰ってきております。

ただ今サロンにて、ゆっくり紅茶を楽しみながら図鑑《ずかん》を見ております。

商会はどうだったのかって？　行って目的を果たしたら、即帰ってきました。王都を楽しむ？　無理です。

……………日本の現代っ子として、この中世ヨーロッパみたいな世界は無理でした。

いや、現代っ子と言ってもアラフォー世代とか言われちゃってたわけですけど。

どんなにリアルな乙女ゲーでも、所詮《しょせん》２Ｄの世界には音はあっても匂いがないのが当たり前。

でもこの世界には匂いが……匂いがあるんですよ！　ぶっちゃけると王都は古くて臭い都でした。上下水道もない、衛生管理もどこ吹く風の世界。

高位貴族の我が家でも、四苦八苦して対応している排泄物《はいせつぶつ》。庶民平民の対応なぞ、推《お》して知るべし。街中に漂《ただよ》う肥溜《こえだ》め臭……鼻と口を押さえても我慢するのが辛かった。なので、図鑑《ずかん》を買ってすぐ帰ってきました。フゥ……お食事中の方、すみません。

…………トイレのある、我が家サイコー！

と言っても専用の小部屋があるだけなんだけど、明るい小部屋に香りの強い花が飾られていて、用を済ませるとメイドが壺《つぼ》を取り替えて常にキレイにしてくれている。しかもちょっと高いところにある小窓を開けて、空気を入れ替えてくれてるみたいなのよ。

トイレがキレイって素晴らしい！

邸《やしき》に帰ってきて、真っ先にトイレに行きました。ホント、キレイだわ肥溜《こえだ》め臭もしないわで安心しましたとも。もちろん用も足しましたけど（笑）

小部屋を出たら、メイドがサッと入っていき、蓋《ふた》をした壺《つぼ》を持って使用人階段の扉へと消えた姿を見たときは感謝しました。

恥ずかしさもあるけど、排泄物《はいせつぶつ》放置はもっと嫌だからね！　………汚物の話は、もうやめよう。

結局、図鑑《ずかん》は上下巻だったけど余裕で買えました！　一覧表は思ったより安価でした。今は私が上巻を、トールお兄様が下巻を見ております。異世界なのに索引《さくいん》はあいうえお順でした。

姿形も名前も知ってる植物と、全く知らない植物で図鑑《ずかん》が埋まっております。

イチョウの木が載ってるかと思えば、ガラの木とかいう見たことも聞いたこともない不思議な木があるのです。興味津々《しんしん》です！

ただ、なんていうか……植生《しょくせい》の感じからして、関東から北海道辺りの気候っぽいんだよね……

……そういえば、雪はそんなに多くないけど毎年凍死者《とうし》が出るとか………

記憶をたどってみたら、冬場は毛皮のコートとか着用してたわ！　もっと暖かいところに行きたいな……

だって卒業式、九月だったのよ……そのうち寒くなるのよ……って卒業式が春じゃないとか、変なところで欧米かっ！


お腹空いた……

出かける前は王都の有名店に行ってみたい！　と思ってたけど、心が折れてすぐに帰ってきちゃったし。

さっきから紅茶だけ飲んでるので、口寂しくなってきております。…………どーしよっかなぁ…………

バァン！

「えっ？」

いきなり扉が開きました。

反射的に声が出て、音のした方を見ると、アニスがトレーを持って立ってます。

……おや？　よく見ると、トレーの上には何か食べ物が載ってるよ？

「エリーゼ様！　料理長がケーキを焼いてくださいましたよ！」

は？　ケーキ……だ……と……？　バタークリームすら存在しない、この世界で……？

いや、待て。クリームのないパウンドケーキ的なやつか？　うっすら記憶にある気がする。

鼻息荒く、アニスがトレーをテーブルに置きます。

トールお兄様もパーラーメイドのジェニファーも凝視《ぎょうし》してます。

……見た目、パウンドケーキっぽいです。ドライフルーツが入っているのが分かります。

ただ、なんていうか……生地はカステラ寄りです。カステラにドライフルーツ入れたみたいな感じです。

目の前に一切れ載っかったお皿が置かれました。もちろんトールお兄様の前にも置かれます。お腹も空いてるし、食べよう。

実食！

「いただくわ」

パクッとな！　って、あっま〜〜〜〜〜〜！

……………蜂蜜《はちみつ》たっぷり、ドライフルーツもたっぷりで、ケーキというより卵黄を多めに混ぜたパンでした。

でも、まぁスィーツっぽい美味《おい》しさです。

「アニス、これ……どうしたの？」

「はい！　エリーゼ様についたばかりの頃に一回だけ、パンに蜂蜜《はちみつ》と干し果物と卵を混ぜ込んだようなお菓子が食べたい。と仰《おっしゃ》ったことを今朝思い出して、料理長に頼んでみたんです。これ、二個目なんですけどすごく甘くて美味《おい》しいですね！」

なんか、知らないうちにやらかしてた！

「確かに甘くて美味《おい》しいね。エリーゼ」

ギギギッとトールお兄様の方を向くと、蕩《とろ》けそうな笑顔で食べてます。いえ、たった今、完食しました！

いや、それよりもさっき二個目って言ったよね？　一個目どうした！　疑問は即処理！

「二個目……ですか、一個目はどうしました?」

アニスはテヘッと笑いました。

「料理長がちょっと味見して、『蜂蜜《はちみつ》と卵黄を増やして、干し果物はもう少し刻《きざ》むか』って言った後、『残りは使用人全員に均等に分けとけ』って言ったので分けたんです。その分けたのをお先にいただいたんですよ。お菓子ってなんなのかよく分かりませんでしたけど、この甘いもののことなんですね!」

「ふぅん、お菓子……ね……」

! トールお兄様がなんか怪しんでる!

「えぇ……」

変な汗をかきながら、スィーツいただきました。

ケーキは美味《おい》しかったです。ただ、この世界では蜂蜜《はちみつ》は高級品です。養蜂《ようほう》じゃないから、仕方ないです。

干し果物も高級品です。なぜなら、生産数が圧倒的に少ないからです。卵も高いです。養鶏場《ようけい》なぞないからです。

手に入りにくいものは値段が上がって高級品になります。我が家は貴族ですので、お金の力で解決ですが。

結論から言えばめちゃくちゃ贅沢品《ぜいたく》ですよ、ケーキはね。でもね、私も幸せ。トールお兄様も幸せ。失敗作でも、食べた人は幸せ。

……………食べてないお父様やお母様やお兄様のことを考えるとガクブルです。

「アニス、料理長にお父様たちの分も作っておくように伝えてちょうだい」

「はい。昼食はいかがなさいますか？」

「そうね。軽くいただくわ」

「私も軽くでいいかな？」

「かしこまりました。トール様」

アニスは丁寧にお辞儀《じぎ》し、空《から》になったお皿をトレーに載せて下がっていった。

「ジェニファー、君も食べておいで」

「ありがとうございます。トール様」

あぁ〜〜人払いした〜〜嫌な予感しかしない〜〜〜〜〜。

だが、女は度胸だ！　受けて立とうじゃあないか！

ドントコイ！

「エリーゼ、お菓子ってなんだい？」

トールお兄様がヒンヤリ笑顔で聞いてきました。

「お茶に合う甘いものと思ってください」

「初めて聞くんだけど」

まぁ、そうですよねー。

「そうですか？」

どうしようかな～。どうやってごまかそうかな～。

「なんでエリーゼがそんなことを知ってる？」

はい、来たー！　メンドイから後で説明しよう。そして色々できるように許可をもらおう。そうしよう！

「今すぐ答えることもできますが、家族全員に説明したいので揃《そろ》ってからでも構いませんか？」

ＯＫしろやぁ！　メンドイから！　頼む！

「分かった。ちゃんと説明してもらうからね」

よし！　メンドイことはまとめてドン！　じゃ！

「ありがとうございます。トールお兄様、甘いもの……お好きだったんですね」

「でも贅沢《ぜいたく》品だからね、あれほどのものはなかなか食べられないよ。美味《おい》しかった」

トールお兄様がはにかみ笑顔をくださいました！　ごっつぁんでぇす！

コンコン。

「昼食の用意ができました」

おや？　メイドじゃなくて執事《しつじ》が呼びに来たわ。人払い中なので、扉の外からの声かけです。

お兄様と一緒に立ち上がり、サロンを出ようと扉を開けたらですよ。深々とお辞儀《じぎ》した執事《しつじ》がおりましてん。

「エリーゼ様が考案なさったケーキというものが大変美味《びみ》で、使用人一同心より感謝しております」

試作品を皆で分けて食べたんだよね？

それで感謝かぁ、うん、分かるけど……贅沢品《ぜいたく》だものね……なかなか口に入らないからだって分かるけど……

「そう、それは何よりだわ。トールお兄様、参りましょう」

私的には、もっと改良できると思うのよー！

トールお兄様との昼食タイムは恙《つつが》なく終了しました。一日が長いです。でも間もなく三時です。

お父様たちは九時過ぎくらいから出かけてるから、そろそろ帰ってきてもいい時間だと思うのよ。

昼食を終えてからも、二人してサロンに入り浸《びた》っております。ジェニファーの絶好調な笑顔がすごいです。ケーキ美味《おい》しかったんだね、私を見る瞳がキラキラしてるもん。

とか思いながら図鑑《ずかん》に目を通します。

………てんさい………………

てんさい！　聞いたことある！　前世で見たのと同じ大根っぽい形！　間違いない！

しかも……しかもウチの領地が一大生産地らしい！　つっても、大した量じゃないみたいだけど。これで砂糖が作れる。

ヤッター！　あー図鑑《ずかん》見る楽しみが増すわぁ♪

ガチャッ。

うん？　誰か来た？

「疲れたわぁ」

「エリーゼ、希望のものはあったか？」

「ふふ……エリーゼ、この兄を褒《ほ》めてくれるかな？」

お母様、お父様、キャスバルお兄様が帰ってきました。それにしても、キャスバルお兄様……なんですか褒《ほ》めろって。ほら、お父様がジト目で見てらっしゃるわよ。

「お帰りなさいませ。随分《ずいぶん》、時間がかかりましたのね？」

「母上、父上お帰りなさい。兄上は何を言ってるんですか？」

トールお兄様、キャスバルお兄様に対して厳しいですね（笑）

定位置につくと、紅茶が出され……ケーキも家族全員の前に置かれました！

マジか！　ドキドキしちゃう！

「こちらは、エリーゼ様が考案されたケーキというものです。大変甘くて美味《びみ》でございます」

執事《しつじ》がそう言った途端《とたん》、初見の家族からガン見されました。

「いただきましょう」

お母様は短く告げると、サクッと一口大に切りパクッと食べました。

カッと目を見開き、無言でサクサクと食べ進めます。

あっという間に完食しました。はっや！　めっちゃはっや！　お父様とキャスバルお兄様が唖然《あぜん》としてます。

「ふぅ……エリーゼ、とても美味《おい》しかったです。これほどのものは帝国でも味わったことがありません」

お母様は隣国であるゴルゴダ帝国の、高位貴族シルヴァニア公爵家の出身なのです。

これほどってことは甘いものもそれなりに食べたことあるんですね。

「帝国であれば、砂糖もなんとか手に入るでしょうけど……蜂蜜《はちみつ》と干し果物だけでここまでのものができるなんて……」

「砂糖？　帝国には砂糖があるのですか？」

「え？」

しまった！　つい、食い気味に聞いちゃった！　お母様がこちらを凝視《ぎょうし》してます。気まずいです。

「ありますよ。ですが帝室の方々と公爵家くらいしか口にできない贅沢品《ぜいたくひん》です。砂糖は南国でしか採れず、本当にわずかな量を商人が持ってくるだけなのです。この国には入ってくることすらありません。それよりもなぜ、砂糖のことを知っているのですか？」

……言うときが来たのか…………？　腹を括《くく》って説明しよう！　そうしよう！

「人払いをお願いします」

目線を外さない、お母様が怖いです。

「家族の大切な話です。席を外しなさい」

お母様の一言で執事《しつじ》もメイドもサロンから出ていきます。我が家のヒエラルキーの頂点はお母様です。理由は分かりませんが。

お父様とキャスバルお兄様を見ると、絶賛《ぜっさん》爆食い中でした。お二人とも三口で終了です。

「……驚かれるでしょうし、信じられないと思いますが、聞いていただけますか？」

「もちろんよ。貴女は私が産んだ娘だもの、母たる私が信じなくてどうしますか？」

揺るぎないお母様の強い瞳に、後押しされる。

「私には、ここではない世界で生きていた記憶があります。その世界では砂糖は高級品ではなく、安価で手に入るものでした。そこでは砂糖を使った甘いもののことをお菓子と言っていました。また、塩や油を使った甘くないお菓子も作られていたのです」

「ここではない世界。きっと様々な違いや知識があるのでしょう。ですがエリーゼ……それは誰にも知らせてはいけないことです。人払いはいい選択でした。そして、これは貴女にとって武器にもなることです。貴女があのバカ王子に取られなくてよかったと心の底から思います」

そう言ってもらえて、とりあえず一安心。

「色々気になるが、先に今日決まったことを言っても構わないか？」

お父様が割って入ってきました。空気は読まない派なのかしら？

「エリーゼ、明日一緒に王宮に行くことになった。バカ王子が何か言いたいことがあるらしい」

まだ言いたいことがあるとか言ってんのか……いい加減、しつこいわ！　クソが……

「承知しました。お父様と一緒に行けばいいのですね」

「あら、私も一緒に参りますわよ」

お母様の参戦、キタワァ♪

「本気か……？」

あれ？　お父様は反対ですか？

「王妃殿下からも共に来るように念押しされました。件《くだん》の令嬢の物言いに思うところがあるそうよ」

「そうか、ならば明日は一緒に行くか」

お母様はニッコリと、お父様は渋々《しぶしぶ》と会話しております。

「……さて、今回の騒ぎで決まったことは他にもある。正式な婚約破棄《はき》の手続きを明日行《おこな》うこと、それに伴《ともな》い関税と通行料を正規の金額に戻すことになった。それと外務大臣を別の人間と交代する。大分《だいぶ》揉めたがな」

お父様、ドヤ顔です。

「さらに、我が領地から月に一度無償で進呈《しんてい》していた海産物も提供しないことになりました。海産物が入り用のときは買い取ってもらいます」

キャスバルお兄様参戦……てか、海産物の無償提供とか……ただ食いだったのかよ……ムカつくわ………

「まぁ、大きいところはそんなところですね」

キャスバルお兄様、大きいところってことは細々したことは後日詰めていくってことですね。

てか、どんだけウチが融通《ゆうずう》きかせてたん……そりゃあ、お父様じゃなくても「ふざけやがって」ってなりますわ。

それにしても、お母様のご機嫌がすこぶるいいです。財政赤字ではなかったみたいですが台所事情は厳しめだったんですね。

でも……海産物ってどうやって運んでたんだろ？　港から王宮までは日数がかかるのに……何か……やらかしたのか？　考えろ！　思い出せ！

………やっべえ、なんにも分かんない（笑）

しゃあない、聞くか。

「海産物って、どうやって運んでましたの？　それなりに日数がかかるのに傷《いた》んだりしないものなのですか？」

ガッと家族全員の視線が突き刺さります。アレー？　ヘンダナー？

「エリーゼ、幼い貴女が『おさかなは、こおりのはこにいれて、そのまわりをおがくずでかこんで、きのはこにいれたらいいんだよ』って言ったのよ。おがくずが何か分からなかったから聞いたら『きをけずったときにでるくずだよ』って答えて。おかげで傷《いた》むことなく遠方に届けることができるようになったのです。今では低級氷魔法を使える者が同行して溶けにくいようにしてくれてますし」

やっぱりやらかしてた！　記憶は完全には戻ってないから、たぶん他にもちょいちょいやらかしてる。そんな気がする。

「そうでしたか……そんなことが……」

クソっ！　ヘタなことは言えない！　藪蛇《やぶへび》ってやつだよ！

「エリーゼ、貴女は幼い頃に時折《ときおり》わけの分からないことを言ったりやったりしてました。それはこの世界にはない知識がある故《ゆえ》のことだったのですね。なんとなくでも意味が分かることは全て試したのです、そのうちの一つが氷の箱でした。もっと理解できていたらと今は残念に思っています」

結構やらかしてた！　でも、理解できなかったと！　よかったぁ！

「お母様、残念がらないでください。今からやればいいのですわ！」

そう、今からです！　ニヤリ！　やってやんぜ！

まずは美味《うま》いものを食べたい！　もう塩味はたくさんだ！　意外に食べれるものがあちこち自生してるのは図鑑《ずかん》で確認済みだ！　待っとれよ、食材たちぃ！

「それにしても、このケーキとやらは美味《うま》いものだな！」

お父様………空気は読まないどころか、ぶち壊し系なんですね。

お母様も冷たい目で見てますよ！

身の潔白《けっぱく》を証明する！　全力で！　……はダメらしい

はい、朝ーっ！　早いって？　家族団らんトークやら晩ごはんやら、すっ飛ばしていいと思うの。湯浴《ゆあ》みについての不満は半端《はんぱ》ないけど、それは今じゃなくていいと思ってる。

で、ですよ。今から王宮に行く準備ですよ。

アニスのアップ（準備運動）がすごいです、コルセットをギチギチに締め上げる気満々ですよ。

朝食？　朝食はもう済ませました。肉と焼き野菜だけで！　とリクエスト出しまして、完食ですわ（笑）

さて、念入りにアップしてるアニスには悪いけど締め上げないでもらおうかな？

「アニス、今日はコルセット緩《ゆる》めでいいわよ」

途端《とたん》にアニスの笑顔が消えました。どんだけやりたかったんだよ！

「ですがエリーゼ様！　王宮に行かれるなら細く見えた方がよろしいかと！」

もう、構やしねぇんだよ婚約破棄《はき》された傷物《きずもの》令嬢なんだからさぁ！

「いえ、緩《ゆる》めで結構！　私は婚約破棄《はき》されましたのよ、今さら細くする意味もありません」

アニス泣きそーう！　コルセット締め上げるの得意技だもんな！　余分な脂肪《しぼう》がないウエストをさらに細く仕上げてくる腕前はすごいと思うよ、でも今日は締め上げる必要が全くない。

それになんとなくだけど、今日は緩《ゆる》い方がいい気がするんだよね。

「かしこまりました。緩《ゆる》めでもエリーゼ様の腰は細いので、そこらのご令嬢方には負けません」

一言多い～。

まぁ、イイヤ……体に沿《そ》ってキュッキュッキュッと締められるコルセットは、無駄に育った乳をさらにデカく見せるように寄せて上げていく。

他家はどうか知らないが、我が家には鏡がある。

どうやらコレも私のやらかしの成果らしい。この世界、すでにガラスがあるのだ。便利というか、ご都合主義な世界なのだ。

やっぱり乙女ゲーの世界なのか……ガッカリ。王宮で断罪されちゃうのかなぁ？

……………クソ…………あのバカ王子、クソつまらんこと言ったら全力でボコボコにしてやろうかな…………

ヒロインちゃんも道連れで撲殺《ぼくさつ》してやるか……できる気がする！

よし！　断罪されたら、あいつら二人撲殺《ぼくさつ》決定！　止める奴も道連れだ！　やられる前にやれ！　だ！


王宮です。お父様とお母様の後について歩いて謁見《えっけん》の間に向かっております。

ドキドキするわぁ……何が起こってもいいように、扇子《せんす》を持ってない方の手をグーパーしてます。

もちろん扇子《せんす》を持ち替えて、もう片方の手も行《おこな》います。

ククク……バカ王子、待っとれよ……私を断罪しかけたときがお前の地獄《じごく》タイムの始まりじゃけぇ……

「エリーゼ、準備万端《ばんたん》にするのはとてもいいことよ」

お母様！　お母様は分かってらっしゃる！

その一言でお母様が私の味方だと感じ、モウレツに感動いたしましたわ！

ドデカイ扉が開きました。謁見《えっけん》の間に到着です。

だだっ広い謁見《えっけん》の間をドンドン進むと、階段が設《もう》けられた高い場所に国王陛下と王妃殿下がいらっしゃいました。

階段脇《わき》にはバカ王子とヒロインちゃんがいますが、これも想定内です。

私たちは陛下に一礼し、言葉を待ちます。

「よく参った。楽にせよ。本来なら手続きのみでよかったのだが、ジークフリートが是《ぜ》非《ひ》とも言いたいことがあると申してな。申し訳ない」

陛下の一言で、上半身を起こす。うわぁ陛下、困り顔してるわ……

「エリーゼ嬢、私には意味が分からないことを言い続けるジークフリートにほとほと困ってしまって。私は貴女の身の潔白《けっぱく》を信じてますが、あの子には信じられないらしいのよ」

国王陛下と王妃殿下の人柄を知ってるから、お二方は私の味方だと思えるのだけど。

バカ王子が騒ぎ立てるから、仕方なく私を呼び出したってことなんだろーなー。

まぁいい……バカ王子、バッチコイだぜよ！

「父上と母上に取り入るとは！　今さら私とマリアンヌを祝福したとしても、過去は消えない！」

何言っちゃってんの。ぶん殴っぞ、この野郎……

「エリーゼ嬢、ジークフリートは貴女がマリアンヌ嬢に殴る蹴《け》るの暴行を加えたと言うのです。私は貴女がどれほど強いか知っているつもりですから、マリアンヌ嬢に治癒《ちゆ》魔法を使ったのか？　と聞いたところ使ってないとの返答でした。貴女が殴る蹴《け》るなどすれば、治癒《ちゆ》魔法を使わねば到底《とうてい》表に出てくることなどできないでしょう。あまりにも疑わしい訴えを許すわけにはいかないのです」

ほぉ～殴る蹴《け》るね……ヒロイン、マリアンヌっていったか……リアルで殴る蹴《け》るしてもいいかな？

乙女ゲーのシナリオに沿《そ》って、私を悪役令嬢にしたかったんだろうけど許さへん！

まずはお前の逃げ道ぶっ潰《つぶ》す！

「かしこまりました。身の潔白《けっぱく》を証明したいと思います。ですが、その代わり私の願いを聞き届けていただきたいのです」

「申してみよ」

国王陛下、疲れてるぅ（笑）

「はい。是非《ぜひ》ともジークフリート殿下とマリアンヌ様の婚約をお認めください」

リアル運命共同体になったらいいんや！

「それは……」

言いよどむなよ、国王陛下（笑）

お前の息子の願いじゃん、叶えたれよ。

「陛下、私からもお願いします。是非《ぜひ》とも！　娘の願いを聞き届けてください」

お父様ナイス！　いいぞ、もっと言え！

「陛下、私は息子が望むなら構わないと考えております。昨日、侯爵夫人とお話しして息子の味方をするのが母の取るべき道だと思いましたの」

王妃殿下に何言った……お母様……マジで怖いんですけど……

おっ？　国王陛下が盛大な溜息《ためいき》ついたぞ！

「よかろう。ジークフリートとドゥルテ男爵令嬢の婚約を認める。そうなると婚姻《こんいん》をいつにするかだが……ふむ……」

「一月《ひとつき》後に婚姻《こんいん》式をいたしましょう」

「「「えっ⁉」」」

国王陛下、バカ王子、私の声が重なりました。思わず見ちゃいましたよ、王妃殿下の顔。すごいいい笑顔です、コッワー。

恐る恐るお母様の顔を見ます、やっぱりいい笑顔です。

怖いです、ただただめちゃくちゃ怖いです。

昨日の話し合いの中身を想像するのが怖いです。絶対ろくでもないこと話してる！

間違いない！

「もう少し早く……ウグゥッ！」

えっ？　お父様が呻いて膝《ひざ》をつきましたよ。

………アレですね、ほぼゼロ距離からの脇腹《わきばら》パンですね！　お母様が真横にいるときは、発言に気を付けないと。

「一月《ひとつき》後なら、私たちも祝福できますね」

オゥフ……お母様、涼しい笑顔で仰《おっしゃ》いますなぁ。

「ええ、是非《ぜひ》とも貴女方にもジークフリートを祝福していただきたいわ」

どうやら、昨日のうちに決めちゃってたようですね。

オッカナイ女傑《じょけつ》二人が手を組んでます、逆らうことは死を意味します！　ナンチッテ(笑)

「クッ……一月《ひとつき》後ですな、それまでには引き継ぎも終わっているでしょうから、心おきなく祝福できますすな」

お父様、復活！　この復活の早さが夫婦円満の秘訣《ひけつ》なんですね！

それにしても、なんでカチカチと鎧《よろい》や剣などの金属のぶつかるような小さな音があちこちから聞こえるのかしら？　近衛《このえ》騎士の皆様ったら、震えちゃってるの？

「う……うむ、一月《ひとつき》後に婚姻《こんいん》式を行《おこな》う。よいな、二人とも」

「はい、父上！」
「ありがとうございます、国王様」
うーわ、マリアンヌ様、馴《な》れ馴《な》れしくも国王様とか言いよったわ。まぁ、いっか（笑）
おっと私からも一言、言っとかなな！
「おめでとうございます、殿下。それとマリアンヌ様、御身《おんみ》を大切になさいませ。王家に嫁《とつ》がれる以上、純潔《じゅんけつ》を守らねば婚姻《こんいん》はなかったことになります故《ゆえ》」
とか言ってみたら、カッと顔を赤らめちゃってカーワイー（笑）
「当たり前でしょ！　初めては好きな人とって決めてるんだから！　悪役令嬢のアンタが何もしなければ大丈夫に決まってんでしょうが！」
アチャー！　バカだなー（笑）
私、侯爵令嬢だよ……それなのにアンタ呼ばわりとか残念すぎる。しかも悪役令嬢とか言っちゃって、マリアンヌ様も転生者なのバレバレじゃん。マジ、ウケるー（笑）
まぁ、あれだ。マリアンヌ転生令嬢の発言は全力でスルー。
王妃殿下とお母様もスルースキル全開で微笑《ほほえ》んでます！
話が進まないし、メンドイのでここらで潔白《けっぱく》証明しとこか！
「国王陛下、私がマリアンヌ様を殴る蹴《け》るなどしていないことを証明したいと思ってますがいかがしましょう?」

さーて、どーすっかなー?

「簡単なことです」

あら? 王妃殿下がパンパンと手を叩き、大きな盾《たて》を持った兵士が現れました!

「この兵士に殴る蹴《け》るなどしてみせればよいのです」

おぉっ! 屈強《くっきょう》な兵士相手にやれってか!

「そうですね、この兵士が盾《たて》を構えているところに拳《こぶし》と蹴《け》りを入れれば、それだけで潔《けっ》白《ぱく》を証明できるでしょう」

はい、お母様からも許可いただきましたー!

「エリーゼ嬢に対して酷《こく》ではないか?」

国王陛下の疑問はもっともです。でもね……

「問題ありません。ですが、兵士の方……その場所はいただけません。こちらへ……」

私は部屋の中央から外れた位置を指し示しました。

「体の向きは陛下から見て横向きになるように……えぇ、そうです」

陛下に正対しないだなんて、ちょっと失敬だけど仕方ないよねー。

「では、膝《ひざ》をついて盾《たて》をしっかり構えてください」

これでよし！　たとえ体が吹っ飛んでも、こちら側に被害は出ない！

「では、よろしいでしょうか？」

「エリーゼ、あまり本気でやってはいけませんよ」

お母様から全力禁止命令が来ました。

「分かりました。では、参ります」

静かに兵士の前に立ち、盾《たて》を殴ります。

ガギィイイイン！

次は蹴《け》り込みます。ヒールが盾《たて》に垂直になるように蹴《け》り込みます。俗に言うヤクザキックです。

ガゴォォォォォォォンンン！

ガン！　ガランガランガラン………鎧《よろい》が壁にぶつかり盛大な音を立てて、盾《たて》の転がる音が……

なんということでしょう。兵士は盾《たて》を持ちきれずに吹っ飛んでいきました。壁際でビクンビクンしてます。

残された盾《たて》を見ると、深くへこんだ部分（拳《こぶし》の跡）と浅くへこんだ部分（靴底《くつぞこ》かしら？）と小さく穴が空いた部分（ヒールの跡）がありました。

なぜかしら？　あちこちから聞こえる金属のぶつかる音がちょっと大きくなりました。それだけではありません、カチカチと歯の鳴るような音もします。嫌だわ、こんなところで雑音をまき散らすなんて。

「エリーゼ、本気はいけないと言ったはずですよ」

やだ、お母様ったら！

「ええ、本気ではありませんわ。本気でしたら、あの兵士の方は生きておりませんもの」

「分かっています、盾《たて》ですらこのような状態になるのに、ドゥルテ男爵令嬢はどれほど頑強《がんきょう》なのかと興味が湧《わ》きますわ」

なぁんだ、単なる嫌味ですか！　分かります！　これでガタガタぬかしたらリアルガチファイトよろしくマリアンヌ様を殴っていいよっていう前ふりですよね！

さて、いっちょ聞きますか……振り返って最高の笑顔で、殿下とマリアンヌ様を見ます。お二人ともガチガチ歯を鳴らして、みっともありませんよ。

「マリアンヌ様、私一体いつ殴る蹴《け》るなどしましたかしら？」

…………………………返事なし。聞こえなかったのかなー？

じゃあ、よく聞こえるように近づくか。

カツカツカツ……三歩ほど近づいただけなのに、マリアンヌ様の腰が抜けました（笑）

バカ王子は微動《びどう》だにしません。動いているのはガチガチ鳴ってる歯だけです。このヘタレめ！

「ねぇ、マリアンヌ様……一体いつ殴る蹴《け》るなどいたしましたの？」

「あ………あ…………」

まともに返事もできんのかい！　じゃあ、さらに近づきますよっと………おぉーい！　後ずさるな！　………ちっ！　仕方ない、やむを得ん！　ダッシュで腕を掴《つか》んだわ！

「つーかまえーたー」

これで逃げられまい！

「ねぇ、答えてちょうだい」

怖がらせないように、スマーイル！　ニコッ！

「ごめんなさいっ！　ごめんなさいっ！　エリーゼ様は私のことを殴ってないし蹴《け》ってもいません！　だから、許してぇっ！」

マジ泣きしながら叫びました。私、悪者みたいじゃない……嫌だわ……

「誤解がとけたようで何よりだわ！　ジークフリート、エリーゼ嬢のことをあれこれ言うのはおやめなさい。いいですね」

王妃殿下、さすがです。まとめに入りました。

「……はい………」

ヘタレバカ王子、何も言えなくなりましたー（笑）

「一月《ひとつき》後の婚姻《こんいん》式が楽しみですね。ドゥルテ男爵令嬢には後宮奥の離宮にて過ごしてもらいましょう。あそこならば警備もしやすいし、家族も含めて男性が入り込むことはありませんからね」

うん？　後宮奥の離宮って……洋風で豪華な座敷牢じゃん。確かに警備しやすいだろうけど、ぱっと見オシャレな建築物だし中も超豪華だけど……どこもかしこも石造りの上、窓枠はオシャレな蔓《つる》モチーフの太い鉄枠で窓ははめ殺し。空気の入れ替え用にガチの鉄格子がはまってる穴があるけど、拳《こぶし》二個分ほどしかない上にかなり高い位置。部屋の扉だけは木製だけど、窓枠と同じような蔓《つる》モチーフの鉄枠がはめられてる。

三階建ての最上階が貴人の部屋で、一階二階には女官や女騎士が詰めるようになってるのよ……一回見たけど、ゾッとしたもの……

暗殺者すら入るのは難しいだろうって、お母様が苦笑いしてたのも嫌な思い出。

よし！　流れに乗っとこ！

「あそこなら安心ですわ。よかったですわね、マリアンヌ様」

ニッコニコの王妃殿下とお母様、そして私。

私たちの笑顔を見て、ホッとしているバカ王子とお父様とマリアンヌ様。

微妙な笑顔の国王陛下は、たぶんよく分かってない。

ただでさえ、男子禁制の後宮に入れるのは国王陛下だけ。だけど後宮奥は、国王陛下ですら入り込めない場所。

後宮がどういったところか分からない者には、想像することすらできない場所だ。

王妃殿下とお母様は、絶対に婚姻《こんいん》式を成立させる気だ。何を企《たくら》んでるのやら……クワバラクワバラ……

「私の潔白《けっぱく》も証明できましたし、婚約破棄《はき》の手続きをお願いいたします」

もう、帰りたいわ……

「そうだったな、さっそく手続きを進めよう」

早くっ！　はっやっくっ！

国王陛下が脇《わき》に目配せします。

立派な格好をしたオッサンらがするすると出てきました。

「こちらにサインを」

差し出された羊皮紙《ようひし》にサインを入れます。

よし！　私のサインは入った！　あとはお前だ、ヘタレバカ王子！

「さ、殿下もどうぞ」

は・よ・書け！

「あぁ……」

キョドりながらのサイン記入です（笑）

……………おっしゃあ！　バイナラ殿下！　これで成立だぜよ！

オッサンらが受け取り、国王陛下に渡す。

「うむ、これで二人の婚約は解消された。……エリーゼ嬢、今までよく努めてくれた」

うん？　何言っちゃってんの？　別に好きで婚約してたわけじゃないんですけどー。

そちらの猛烈プッシュで婚約したって聞いてますけどー。この婚約のせいで、家族に苦労かけちゃって心苦しいんですけどー。

………タヌキオヤジめ、ぶん殴りてぇ…………

ムカツク！　帰る！　お父様もお母様も苦笑いです。

「では国王陛下、王妃殿下、御前《ごぜん》を失礼いたします」

お父様の挨拶《あいさつ》と共に一礼し、下がる。

「大義であった」

国王陛下の言葉を聞いて、謁見《えっけん》の間から退出する。

あー面白かった（笑）

バカ王子をボコれなかったのは残念な気がするけど、そうならないようにお母様が王妃殿下と結託《けったく》したのかな？　聞くのは…………やめとこう、私だって自分の身は可愛いもん♪

初めてジャガイモ食べたから、今日はジャガイモ記念日（笑）

はい、帰ってきましたー！　馬車の中は静かなもんでした。

なんていうかですね……お腹空きました。食に対するストレスと欲求が、すごいです。

でもね……お昼の時間帯じゃないんですよ、ティータイムする気にもならない。

…………そうだ、森林浴をしよう！　我が家がお金かけて作り上げた林を散歩しよう！

お金持ちって素晴らしい！

よし、そうと決まればさっそく敷地内の林にレッツゴー！

お父様やお母様に簡単に説明し、ついてこようとする使用人を置いて一人でやってきました！　小径《こみち》やベンチが可愛い～映《ば》える～。イン〇タしたことないけど（笑）

少し歩いただけでも、鳥の囀《さえず》りが聞こえてきて癒《いや》されます。王宮での出来事が嘘みたいに感じられる。

…………チッ……思い出したら、ムカついてきたわ…………

落ち着こう、ベンチに座って草花でも見たらいいかな？　あ、あれ可愛い…………い？　……気のせいかな？　カボチャが見える。

普通にスーパーとかに売ってそうな、立派な西洋（マダラ模様だからたぶん）カボチャが見える。（深緑なら和カボチャなんだけどな！）木の根元にツルが伸びてて、そこはかとなくオシャレに見える。

なんでカボチャ？　なんか気になってきた！

探検だー！　ドレスだけど、キニシナイ！　フンフンフーン♪　道なき道を進むのだー♪

……………！　ちょっと開《ひら》けたところがあります！　その手前の木から太くて長い実がぶら下がっております！

なんと、ヘチマです！　スバラ！

このヘチマは収穫決定です！　ですが、開《ひら》けたところがものすごく気になります！　お宝の予感です！　やらかした過去の遺産の気もします！

……………オーマイゴーッド！

ニンニク、ニラ、ジャガイモ、ショウガ、三つ葉、大葉、ネギ（恐らく長ネギ）、トウガラシ、ローズマリー、タイム、ディル……ぱっと見ただけで、これだけのものが生えていました。

　果樹と思われるものも植えてある。いや、リンゴと梨と栗《くり》と柿は確定ですよ。ただ、柑橘《かんきつ》系が謎。何本もあると分からない。他に桃っぽい木もあるし、スモモっぽい木もある。

　これは、今後もやっちゃっていいっていう神の啓示ですよねー！

　フフフ……なんて、素敵な場所なの……

「まるで秘密の花園のようだわ……」

　ただの野菜と果樹だけど（笑）

　テンション上がるわー！　ジャガイモ食べれるかなー？　もうできてるかなー？

　ジャガイモならフライドポテト……あれ？　待てよ？　調理法として、炒《いた》め物がないのに揚げ物なんてあるのか？　焼き野菜も基本素焼《すや》きだし。一応フライパンで焼いたっぽいのが出るけど油が妙に少ない……そもそも食用油があるのか？　まず、そこからか？

　いやいやいやいや、焼く・煮る・生しか見たことないぞ！

　アカーン！　食が貧しすぎるわ！

「どうしよう……革命起こしちゃう？」

「誰だっ！」

ナニィ！　誰だって言うお前が誰だっ！

後ろを振り返ったら、麦わら帽子のおじいちゃんがいました。

「嬢様！　久方ぶりじゃあ！」

庭師のおじいちゃんでした。でも名前が微妙にはっきりしません。

考えても、庭師のおじいちゃんだとしか分かりません。

「サムじい？　トムじい？　どっちだっけ？」

ハッハッハッと笑われます。

「わしはトムじゃ。サムは双子の兄貴で、領都の邸《やしき》で庭師をやっちょる！」

双子でよく似た名前で職業同じとか、そりゃ間違えるわ！

「そうだったの……トムじい、これ……どうして畑になってるの……？」

懐かしむような笑顔で近づいてくるトムじい。私の隣に立ち、畑を見つめます。

「む？　覚えとらんのか？　嬢様がこっちの邸《やしき》に来るとき、大層泣いて言ったらしい。

大事だから持ってくんだってなぁ……だから兄貴が株《かぶ》分けしたり種を季節ごとに送ってくれたりしてるんじゃ。わしには分からんものもあったが、嬢様が泣いてまで持ってくと言ったものだしとなぁ……旦那《だんな》様に相談したらここに畑を作ればいいと言われてのぅ、長いことここで作っとったんじゃあ。ここなら人目につかんでいいだろうってな……

もっとも嬢様の目にもつかなんだで、やっと今日ついたでよかったわ」

マジで色々やらかしてる……でも、これはいいやらかし……そして、サムじいトムじいありがとう……

「あぁ……そういえば、嬢様が大層泣いて種が要《い》る種が要《い》るっちゅうた花の種は、たんと取ってあるでなぁ」

「花の種？」

一体なんの種かしら？

「赤い大きな花、綺麗な花を咲かせる木の種ですじゃよ。咲いてる様《さま》もいいですが、あの花だけは花びらでなく花がそのまま落ちてなぁ。落ちた花も一日ならば赤く美しいままで、たまたま苔《こけ》の上に落ちた花を旦那《だんな》様が見かけて……気に入られて、この林の奥の一角にこの花の木ばかり植えたんじゃよ。その下に苔《こけ》を敷き詰めて、花の時季となれば旦那《だんな》様も好んで散歩するんですじゃ。おかげで嬢様の欲しい種はたくさん集まったでよぉ」

椿《つばき》だぁ！　やったぁ！　椿油《つばきあぶら》ゲットだぜ！　…………まだ、道のりは遠いけど。

本気でトムじいありがとう！　とりあえずジャガイモ掘ってもらって、粉《こ》ふきいもでも作ってもらおう。それで、トムじいと粉《こ》ふきいも食べよう。

「ありがとう、トムじい。ね、このジャガイモ掘ってほしいの」

ここは可愛くオネダリしちゃうゾ♪

「嬢様、そのジャガイモは毒があるんじゃよ。掘ってどうするんじゃ？」

なんと有毒植物認定受けてます。まぁ、知らなきゃそうなるよね。

「ふふ……食べるのよ」

トムじいの青ざめ驚いた顔。ジャガイモの食べ方を知ればもっと驚くかな？

「嬢様、ダメじゃあ！　毒に当たってしまう〜！」

案の定ですよ。

「トムじい、ジャガイモは気を付けて食べれば毒に当たったりしないのよ。だから……ね？」

ダメ押しで、キュルン♪　と可愛くオネダリします。

「全く嬢様は、仕方ないのぅ……」

そう言って素手でジャガイモを一株《かぶ》だけ掘ってくれる。

ゴロゴロと出てきたジャガイモは、なんとも立派な男爵でございました！

掘りたて新鮮で丸々としたジャガイモ。ふかしてバターを載っけて食べたら美味《おい》しいに違いない！　そんなジャガイモ。バターないから、じゃがバターは無理ですけどね！

あー肉じゃがとかもいいねー、醤油《しょうゆ》も砂糖もみりんもないけどね！

ないない尽《づ》くしで泣けてくらぁ！

「ありがとうトムじい……、すごく美味《おい》しそう……」

トムじいは困った顔で私を見つめます。あー、これは言われちゃうなぁ……

「毒草なのに……食べるとか無理じゃろう……」

くそぅ、やっぱり言われたかぁ！

「トムじい、本当に大丈夫だから料理長のとこ行こう」

渋々《しぶしぶ》とジャガイモを抱えて、先に歩き出した私の後をついてくるトムじい。毒があると言われても、そりゃそうだとしか思わない。前世では、ジャガイモの毒は当たり前で処理の仕方も一般的だった。

この世界では毒は魔法で治癒《ちゆ》できるが、毒と分かったら手を出さないのが普通だ。

毒草に似た植物も、毒があるかもしれないと判断して手を出さないのが普通。

もしかしたらジャガイモは、そこらの草原とかに生えてるかもしれない。…………そう、かもしれない、としか言えない。私は草原も森も一人で行ったことがないから、確かめようがないのだ。

一人で草原とか、行ってみたいが魔物に襲われちゃったらどうしよう？

イケメン冒険者とかが助けてくれるかしら？　ドキドキしちゃうな♪

ま、しょっぱい魔物ならとりあえず殴っちゃうと思うけど（笑）

ウキウキしながら歩く私と、渋《しぶ》い顔してついてくるトムじい。まっすぐ厨房《ちゅうぼう》へと進む。

今の時間なら、仕込みの前だしイケる！　はず……

はい、到着。

ただし、厨房《ちゅうぼう》の通用口っていうの？　裏口っていうの？　そこに料理人が集まって、私を見てワチャワチャしてます。

「うるっせぇぞ！　何、騒いでんだ！」

おっと、料理長が戸口を開けて怒鳴りましたよ～。

ぐるりと見回して、はい、目が合いました～（笑）

「お嬢！　……様、なんでここに？」

「料理長に頼みたいことがあって。少しいいかしら？」

そうか、料理長は普段、私のことをお嬢と呼んでいるのだね！

「はぁ……」

うん？　警戒してるのかな？　まぁ、そんなの気にしない！

「トムじいが持ってるジャガイモを茹《ゆ》でてほしいの。もちろん、綺麗に洗ってからね」

ジャガイモと聞いて料理長の眉が寄りました。やばいかな？

「これは毒草じゃねぇか。お嬢……様は本気で言ってんのかねぇ？」

迷ってる！　よっしゃ、あと一押し！

「ジャガイモは地上に生《な》る実は食べてはいけない。ただし地下に生《な》る芋《いも》の部分は食べれるのよ。でも、芋《いも》も気を付けなければいけないの。陽に当たって緑色になったら毒の成分ができてしまうのよ。これは掘りたてで新鮮なものだから、どこにも緑色の部分はないわ。ただ、この芽の部分……これも毒があるから取ってちょうだい。貴方たちに食べろとは言わないわ、私が食べたいだけだから……ね、お願い。茹《ゆ》でてちょうだい」

料理長は渋《しぶ》い顔で私を見ている。でも……

「茹《ゆ》でるだけか？」

落ちた！　このチャンスに粉《こ》ふきいもの作り方を伝授《でんじゅ》しよう！　そうしよう！

「違うわ。私が指示を出すので、その通りに作ってくださる？」

渋々《しぶしぶ》だけど、その瞳に面白いものを見つけたような煌《きら》めきが見える。

「分かった。お嬢……様、我が聖域にどうぞ」

恭《うやうや》しく頭を下げて、扉を開いてくれる。私はトムじいを連れて厨房《ちゅうぼう》へと踏み込んだ。

粉《こ》ふきいもの作り方伝授《でんじゅ》のくだりは割愛《かつあい》です。これが、大人の事情よ（笑）

出来上がりましたー！　ホカホカと立つ湯気がたまりません！　パラパラと振った塩もいい感じです！

私と料理長とトムじいの三人で、お皿に盛り付けられた粉《こ》ふきいもを囲んでます。

それぞれの前にフォークが置かれてます。

緊張した面持《おもも》ちの二人を差し置いて、静かにフォークを持ち粉《こ》ふきいもを一口分取りました。

熱そ～、でも美味《おい》しそう～。

「お嬢！」

「嬢様！」

二人の制止しようとする声なぞ、シカトです！　パクッ！

「「あーーーーーーっ！」」

「美味《おい》しーい！」

思わず顔を上げたら、二人と目が合いました。

コクリと頷《うなず》き、再度フォークを粉《こ》ふきいもに刺そうとしたら……

「よし、俺も食う！」

「嬢様が食べたんじゃ、わしも食うぞ！」

そう宣言し、二人は意を決したかのように一口めをパクリ。

ピッシャーンと雷《かみなり》が落ちたかのように静止したかと思ったら、無言でバクバク食べ始めました。

はっ！　私の分がなくなっちゃう！

三人でがっつけば、あっという間です。

「美味《おい》しかった……」

「本当に毒がないなんて……」

「もう少し掘ってもらえばよかったわ」

料理長、トムじい、私の呟《つぶや》きです。

空《から》のお皿を見つめて思うことは、ジャガイモってやっぱり美味《おい》しい！　ってことでした。

「お嬢……様」

いちいちメンドイ！

「無理して様をつけなくてもいいですわ」

頭をポリポリ掻《か》きながら、料理長が申し訳なさそうにしています。

「あー、お嬢。実に美味《おい》しかった。あんな調理方法も初めてだし、お嬢さえよければもっと教えてほしい」

やーん♪　ちょいごつ目のオッサンが照れ照れしながら頭下げるとか、可愛ーんですけどー♪

「もちろんよ！　トムじいのおかげで食材が増えるし色々やりたいから、料理長の助けがないと私も困るわ！　これからよろしくね」

よし！　これで美味《おい》しいものが食べれる！

「嬢様……あそこに植えたのは全部食べれるんか……」

はい、キター。

「食べれるわ」

「まだ何かあるのか⁉」

ツッコミ早い！　料理長！　そして、なんか鼻息荒くなってます……

「自分でも忘れてたんだけれど、領地から持ってきたらしいのよ……すぐ食べれそうなものもあるし、ジャガイモもちょっと掘っただけでまだまだたくさんあるし……」

ジャガイモがたくさんあると聞いて、料理長もトムじいも瞳がキラキラしてきました。

どんだけジャガイモに魅了されたのよ（笑）

「ハァ……これで、油があればなぁ……」

「油？　浅鍋《あさなべ》に最初に使うアレか？」

？？？？　何を言っているのかな？

「お嬢がこっち来てすぐくらいかな？　俺もまだ駆け出しでさ、その頃にお嬢が浅鍋《あさなべ》を造らせて……で、どうやって使うのか聞いたら『油引いて焼く』って言い出して……」

浅鍋《あさなべ》ってフライパンのことだ……

「俺が一番の下っ端《ぱ》だったから、お嬢に細かく聞いて試したんだよ。外に焼き場を作ってな……小っさいお嬢が俺のそばでちょろちょろしてさぁ」

鉄のフライパンや鍋《なべ》って、最初に油を引いて空焼《からや》きするんだよね。

その後も使うたびに油を引いて育てて……って、料理長に鉄鍋《てつなべ》育てさせたの？

「油ってなんだ？　って聞いたら泣き出してさ、なんとか聞き出してボアの脂《あぶら》でやってさぁ……面白かったなぁ……はははっ、煙が出てもやめるなって言ったりしてさぁ」

こっちだと猪《いのしし》のことボアって言うんだっけ。……よく似た猪《いのしし》系の魔物はなんたら猪《いのしし》とか言うのに、家畜の猪《いのしし》はボアなんだよね……まぁいいや……なるほど、で？

「油って、料理にも使うのか？」

くっ！　そこからか！

だが、いい！　ボアの脂肪《しぼう》からラードを作ることができるなら！

「ええ、油を使えば様々な料理ができるわ。ジャガイモも、もっと美味《おい》しくできるのよ」

二人は再度、雷《かみなり》に打たれたようにショックを受けていた。


ようやく復活した二人。料理長がフラフラしたかと思ったら、ガクリと膝《ひざ》をつきました。やだわ、そんなにショックなのかしら？

「さらに美味《おい》しくなるのか……油で……」

微妙に間違ってるような、当たってるような……まっ、いいか（笑）

「油を使った調理方法は、まだ知られてないでしょうけどね」

堕《お》ちろ……さぁ、堕《お》ちてしまえ！　この世界に油料理を生み出すのだぁ！

「ど……どうすれば、油を……」

ホイキタ！　今ここでボアの脂肪《しぼう》から作ってもらおうか♪

「ボアの脂肪《しぼう》はあるかしら？」

「捨てる前だから、かなりある……」

いーい返事だ！

「じゃあ、その脂肪《しぼう》を全部持ってきてちょうだい」

「ぜ、全部？」

キョトーンとする料理長。

「その脂肪《しぼう》を細切れにして鍋《なべ》で熱するの。そうして溶け出した脂《あぶら》を別の鍋《なべ》に移しておくの」

なんとなく理解しだしたようです。

「その溶けた脂《あぶら》を料理に使うのよ。冷めれば白く固まるから、他の容器に移すの」

少し考えてから立ち上がり、何かを決意したかのように言います。

「お嬢、俺は今から脂《あぶら》を作る。だから、お嬢はジャガイモを……」

ジャガイモのために頑張るんかいっ！　食い物は偉大だな、おい！

だが理解できる。美味《おい》しさは正義だっ！

「分かったわ。次なるジャガイモの料理を貴方に伝授《でんじゅ》するわ」

そしてトムじいを見ると、トムじいもコクンと頷《うなず》く。

「俺はやるぜ！」

熱い男（料理長）がやる気全開でどこかに消えたと思ったら、大鍋《おおなべ》に山盛りになっている乳白色の脂肪《しぼう》の塊《かたまり》を持ってきました。

その結構な量に、ひょっとしたら揚げ物もイケるかもと期待しつつ。

「トムじい、ジャガイモを掘ってちょうだい。私も手伝うわ」

私とトムじいは、秘密の花園へと舞い戻る。

ジャガイモのために！　正義のために！

……………掘りました。トムじいが。

私？　私はサイズ分けしながら他の植物を見てました。

ニンニクとトウガラシ。オリーブ油じゃなくても、ジャガイモと炒《いた》めたら美味《おい》しいかなぁ？　ジャガイモをラードで素揚《すあ》げして、塩を振って食べるのもいい！

もしくはコロッケ……ひき肉を作ってふかしたジャガイモと合わせて……パン粉はなんとかなる。でも、味付けが塩だけってのがなぁ……迷うなぁ……どうするか……

トムじい、頑張りました。八リットルのバケツ一杯分はあります。こんなにたくさん、どうやって持ってくの？

ちょっと小さめのは来年のための種芋《たねいも》として、残しとかないと……おや？　トムじいが軽快に走り出してどこかに消えました。

……おい、じいさん……どこに消えた？　……………おーい！

……………………………ガサッ。戻ってきた。

「嬢様、この袋に入れて持ってこーかぁ」

ナイスです！　トムじい、心の中とはいえじいさんって言ってごめんなさい。

じゃあ、つめつめしましょうか！

「嬢様、こっちの小さいのはどうするんかの？」

おっと、忘れるとこだった（笑）

「来年、植えられるように取っておこうと思って。あぁ、でもこっちの大きめのやつだけ種にするか」

ガチで小さいやつは、そのまま素揚《すあ》げして食べよう！　きっとできるはず！

とりあえずはフライドポテトを作る。これだけあれば、皆で食べれるでしょう。

「嬢様、こっちのは物置小屋にしまってきますんで。ちぃと待ってくだせぇ」

そう言うとトムじいは種芋《たねいも》として分けておいたジャガイモの大きい方を持っていきました。私は残された小さい方と、それ以外のサイズのを袋にコロコロと入れていきます。

皮付きの素揚《すあ》げを想像したら、食べたくなりました。ラード……どれだけできてるかなぁ……

「嬢様、持ちますんで……」

戻ってきたトムじいが心配そうな顔で袋を持ってくれました……って、なんでそんなに心配そうなの？

私がキョトーンですよ。

「嬢様、汚れ仕事は男がするもんじゃぁ。せっかくのドレスが汚れちまって……」

あ……ドレスが汚れて落ち込んでるとでも思った？　………うーん、落ち込まないな！　なんでだろう？　ドレスとか、あんまり着ないからかなぁ？

……………………え？　まてまてまて。なんで、あんまり着ないのさ！

ヘンだなー？　令嬢だよ？　着てるはず！　よーく考えてみよう！

…………………主に外出してるときだけ、ちゃんとしたドレス着てました。

学園は制服でした、ロングスカートの。

邸《やしき》に帰ってきてからドレス着てるけど、それまではあんまり着てなかった。なんでかしら？　侯爵令嬢なのに……なんか……なんか、引っかかる……いや、だが後回しだ。

それより先にジャガイモだぜよ！

レッツ厨房《ちゅうぼう》！（中学生のことじゃなくて、キッチンの厨房《ちゅうぼう》だYO！）

厨房《ちゅうぼう》に到着した私とトムじいの目の前には、大きな寸胴《ずんどう》の八分目まで入った温かいラードがありました。厨房《ちゅうぼう》内は熱気がこもってます。そこにいい汗かいた料理長が仁王立ちしてました。

ジャガイモたくさん、油もたくさん。

よし、フライドポテトを作ってもらおう！

男爵いもを洗って切ってもらう。新ジャガだから皮付きでよかろう。メークインなら細切りやスライスなんだけど、男爵いもだからね。太くていいや。

半分は素揚《すあ》げ、半分は小麦粉を軽くつけて揚げてもらう。味付けは塩のみだけど、仕方ない。

ラードはかなりの量があるから、とりあえず半分の量でイケルでしょ（笑）

チビジャガは皮付きで素揚《すあ》げするよう頼んで、あとは料理長にお任せ……なんだけど……

できたて試食したいじゃん！　ってことで見学させてもらいます！

今、目の前でちょっとずつ揚げてくれてます！　パラパラと岩塩が振られてます！

そして、盛り付け用の台にコトリと置かれました！　三人で試食です！

実食！　パクーッ！　美味《おい》しーい！　これこれ～♪　ホクホクの熱々！　ほんのり甘いジャガイモと塩味！　たまりません！　もう、一個も……ら…………あれ？

お皿は空《から》でした。

料理長とトムじいを見れば、二人のほっぺがパンパンに膨《ふく》らんでます。

「私、一つしか食べておりません……」

泣きそう……せっかくのフライドポテトが……

「はっ！　すまねぇ、お嬢！　あんまり美味《うま》くてっ、お嬢の分をすぐ作りますんで」

料理長はそう言うと、さっきより多めに太切りジャガを揚げ始めました。

「嬢様、わしもつい……」

トムじいもションボリしてます。初めての揚げ物だから仕方ないよね……って許せるかぁ！

あぁ、でも油のパチパチはねる音が耳に心地よい……油から上げるタイミングも教えたから、じきに出してくれるはず…………出たーーーーー！

「お嬢！　お待たせです！　さぁ、食ってくだせぇ」

「ありがとう」

さっそく一口。美味《おい》しい！　幸せ！　立ち食いだけど気にしない。

料理長は残りのジャガイモを揚げに行きました。

「皆に行き渡るかしら？」

「これだけあれば大丈夫でしょう。旦那《だんな》様も喜ばれますよ！」

ガンガン揚げてる料理長、かっこいい！

「嬢様……こんなに美味《うま》いんじゃあ、きっと流行《はや》るじゃろぅなぁ……」

……………!!　確かに！　絶対流行《はや》る!!

お父様に食べてもらって、領地で生産しないか？　って持ちかけるか……扱い方さえ周知すれば、普及しやすくなる……気候的にも問題ない作物だし、作りやすさもあるし……うん、いいかも。

ちょっと、止まらないけど止めとこ。ソッとトムじいの前に押し出して……

「トムじい、食べて……」

さすがに食べすぎで太るのはイヤ。カロリーモンスターなフライドポテト……美味《おい》しかった……充足感で満たされると、不意に視線を感じる。

その元は戸口……ハハハ、料理人たちが鈴なりでした（笑）

開いた戸口から洩《も》れる明かりは、ちょっぴり朱色………って夕方やん！

未《いま》だにジャガイモを揚げまくってる料理長の後ろ姿に声をかけます。

「料理長、私そろそろ自室へと戻ります。夕食が少しくらい遅れたとしても、フライドポテトを出しておけばなんとかなるでしょう」

「『フライドポテト？』」

あらやだ。二人揃《そろ》って疑問符《ぎもんふ》浮かべてるわ…………いや、当たり前か。今、初めて料理名出したわ（笑）

「ええ、このジャガイモ料理の名前よ」

そう教えたら、小っさい声でフライドポテトフライドポテト言うてますわ……呪文か！

「しまった！　仕込みをしてねぇ！」

料理長、ようやく気が付きました。頭がグリンッて戸口に向きます。これはセリフが予想できるっ！

「お前ら、ちゃっちゃと仕込みに入れ！　俺はここから離れられねぇ！　お嬢！　じいさん！　悪《わり》ぃが出てってくれ！」

大慌てです。トムじいは「あぁ」とか「おぅ」とか言って、戸口から出ていこうとしてます。

一声かけとかないとな！

「トムじい、また明日行くから」

トムじいは振り向きざま、ニカッと笑って頭を下げていきました。

「料理長、お邪魔しましたわ。フライドポテトを家族皆で味わえると思うと、楽しみで仕方ないわ」

「おうっ、楽しみに待っててくだせぇ」

もはやラーメン屋のオヤジにしか見えなくなってきた料理長、タメ口だが気にしない（笑）

これから、色々無茶ぶりする予定だからね。

外に出る戸口には向かわず、廊下《ろうか》に出る扉へと向かい自室を目指す。

……が、廊下《ろうか》に漂《ただよ》う油の匂い…………………

この初めての匂いに使用人どころか家族全員フラフラしてます。第一発見者はお父様で、私を見て近寄ってきまし…………あれ？　近づくほどに目が血走ってきました、なんででしょう。

ガッと腕を掴《つか》まれました、痛いです。それだけじゃありません、クンカクンカ匂いを嗅《か》いできます……犬ですか？　やめてください。

「エリーゼ、この腹が空く匂いはなんだ？」

疑問はもっともです。答えましょう！

「ジャガイモで作った新しい料理の匂いですわ！」

「あれは毒草だろう！」

「掘り出した芋《いも》が茶色ならば、毒ではありません！」

答えたら即レスされたので、ブッ被《かぶ》せて即レスしてやりました！

「新しい料理……だと……？」

お父様、マジで怖いです（笑）

まぁ、気持ちは分かりますけど……

「あれが食べられるだと……それにこの匂い……」

クギュウ！

え？　誰よ、某《ぼう》女性声優を呼んだのは？

…………違いました、お父様のお腹の音でした。愉快《ゆかい》な音ですね、ドキドキします（笑）

色んな意味で。

「お父様、気になるのなら誰か厨房《ちゅうぼう》にやって持ってきてもらっては？　一緒にフライドポテトをいただきましょう」

ゴクリ。やだ、今度は唾《つば》を呑み込む音？　お父様ったらどれだけフライドポテトの匂いに誘惑されてるのよ。しっかりして。

……私が言っても、説得力ないか（笑）

「そうだな、いただくか……フライドポテトというんだな……ゴクリ……クギュウ！」

クッ！　私の腹筋が試されてる！

そこへキャスバルお兄様とトールお兄様が現れました。

「父上、エリーゼ、いいところで会った。この匂いのことだが……」

「フライドポテトとかいう、ジャガイモの料理の匂いだ」

キャスバルお兄様の疑問にブッ被《かぶ》せて即答しましたよ（笑）

もちろんお父様がっ！

「なぜジャガイモを……あれは毒草でしょう？」

お父様、マジ勘弁《かんべん》（笑）

「エリーゼが……クッ……クギュウ！」

笑いをこらえるのに一苦労です。

お兄様二人にガン見されてます。さらに執事《しつじ》もやってきました。

「ちょうどいいところに来たわね。料理長のところへ行ってフライドポテトを食堂に持ってきてくれるよう伝えてください」

「フライドポテト……ですか……かしこまりました」

そつなく答えて厨房《ちゅうぼう》へと向かいました。できる執事《しつじ》は、常に平常心のようです。

「とりあえず、食堂に向かいましょう」

四人で食堂に入ると、お母様が席について待っておりました。どうなってるの……どこかから見てたの？　別にいいんだけど……お母様が一点を見つめて座ってる姿はなかなかに怖いです。

「……お母様……あの……」

どうしよう……何を言ったらいいの……？

「エリーゼ、この匂いの正体はいつになったら出てくるのかしら？」

ヒィッ！　待ってる！　スッゴい待ってる！　早く……早く持ってきてぇ！

匂いに釣られて邸内《やしき》を彷徨《さまよ》ったりせず、まっすぐ食堂にやってくるあたり鋭《するど》いけど怖い！　マジでお母様、怖いですから！

「お母様、その……そのうち出ますわ！　ご安心なさって！」

私以外は誰も何も言わず席につき、無言で待っています。やだ……微妙に気まずい……

コンコン。

「失礼いたします。ご所望《しょもう》のフライドポテトです」

執事《しつじ》の手元にホカホカ湯気が見えます。この緊張した雰囲気に執事《しつじ》も緊張し始めました。

山盛りフライドポテトが載った大皿（オードブル用の本当に大きいお皿）がゴトリとテーブルの真ん中に置かれ、メイドが慣れた手つきでナプキンとフォークを置いていきます。説明いるかな………あっ！

「クギュウ！　……いただく！　パクッ」

お父様、フライングで食べ始めました。クワッとお母様の目が開きます。ガツガツ食べてるお父様を見つめてます。ギギギ……と音が聞こえそうです。お母様から殺気が漏れてますよ。お父様、逃げてぇ！

「これはなんですの？」

「フライドポテトだ」

「フライドポテト？　一体なんの料理でしょう？」

「ジャガイモらしい」

お母様とお父様の会話がなかなかのスピードでやり取りされました。

お父様が「らしい」と言ったところで、グリンッとお母様が私を見ました。

「ジャガイモの新しい調理方法で作った料理ですわ、お母様」

お兄様たちは静かに食べてます。ここで何か口を挟むとろくでもない目にあうと思っているのでしょう？　正解ですよ、たぶん。

「ジャガイモは実を食べません。地下にできた芋《いも》は食用になりますが、芽の部分と緑色に変色した皮は毒があるので食べてはいけないのです。今、目の前にあるものは皮が変色しておりませんし芽もありませんから、どうぞ安心して食べてくださいませ」

「信じましょう。………他の三人はすでに食べ始めているのですし、私もいただきますわ」

上品な仕草で食べるお母様は淑女《しゅくじょ》の手本でございます。

ですが私は見ました……お母様が咀嚼《そしゃく》し出した瞬間、目を見開いたのを！

そして、私以外の家族四人が黙々《もくもく》と食べております。手が止まりません。

いつの間にか、グラスが置かれワインが注《そそ》がれていました。そしてワインの減りが速いです、チラ見して確認したら、現在四人で三本目に突入です……夕食前ですよ！　ちくしょう！　私も飲みてぇわ！

………この世界では一応成人したことになってるけど、グイグイ飲んだらはしたないと思われるから飲めません。

前世じゃあ、手酌で一升《しょう》空けることすらあったのににぃ！

そうでなくとも今日は色々あって飲みたいのに……あーぁ……

「エリーゼ、このフライドポテトという料理はとても美味《おい》しいわ。こんなにワインが進むなんてね。是非《ぜひ》とも領民にも教えたいと思わない？」

ザルなお母様が素敵な提案をしてきました。

「はい、お母様。ジャガイモは作りやすくて美味《おい》しい野菜です。領地にて生産すれば飢《う》える者は減るでしょう。調理方法も簡単ですし、普及も速いはずですわ」

お父様もお母様もお兄様たちも笑顔です。領地の未来に明るい兆《きざ》しが見えたと確信できます。

「素晴らしいわ、エリーゼ」

お母様の輝くような笑顔、素敵です。

「ありがとうございます、お母様。それにしても、今日は朝から激動の一日でしたわ」

思わず本音をポロリ（笑）

「全くね」

お母様もポロリ、そして苦笑いのお父様。平和だわ。

今、私は寝室《しんしつ》のベッドで不貞寝《ふてね》中です。あれから随分《ずいぶん》と時間が経ってます。

あの後そのまま夕食へとなだれ込み、立派な酔っぱらいが四人できました。

仕方ないです……仕方ないですわよ…………まぁ、勝利の美酒ということで。

私の身の潔白《けっぱく》を証明、関税と通行料の通常価格への引き戻し、海産物の売買といいこと尽《ず》くめでしたからね。

バカ王子様々です。

ただ……なんというか、気持ち的にはスッキリしているのに体が不完全燃焼《ねんしょう》なのです。

色々、引っかかることもあります。

昨日から時折《ときおり》感じる視線……捨て犬に見つめられてるかのような視線を感じたり、令嬢なのにドレスをあまり着ていないと感じたり……ちゃんと思い出さないとヤバい気がするのです。


…………

…………

…………


エリーゼの毎日って、どんなだったかしら…………

思い出そうとしたら、これまでの記憶が映像になって頭の中を流れていきます。

学園の寮《りょう》で陽が昇る前に起きる↓自分で着替える↓窓から脱出（え？）↓ランニング

で学園から邸《やしき》に！（え？）↓邸《やしき》の練兵棟《れんぺいとう》でトレーニング（え？）↓犬共の躾《しつけ》（犬じゃない！人だよ！）↓鳥たちに餌付《えづ》け↓邸《やしき》から学園までランニング（え？）↓学園の自室に戻る（窓から……え？）↓水浴び（水？）↓魔法で乾燥（え？）↓自分で着替え↓令嬢として皆と接する。

まて！　色々おかしい！　学園での三年間の毎朝がこれ？　トレーニング内容もかなりおかしい……

大体、この世界にトレーニングマシンがあるわけないと思うのに……ここの家にはある……自作しました感満載《まんさい》だけど、トレーニングマシンがある。

それだけじゃない。エリーゼのパンチ&キックのトレーニングがおかしい。

地面から出た二メートルくらいの電柱みたいな棒（？）に何かの革が巻いてあってそれに打ち込んでる……棒（？）と革の間にクッション材が入ってるらしく、ちょっと柔らかい。

でも、素手でガンガン殴ってる……しかも、魔法で皮膚《ひふ》にダメージを受けないようにしている。蹴《け》りもヤクザキックどころか様々な蹴《け》り方を決めてる。

サンドバッグどころの騒ぎじゃない……音とかおかしすぎる。

どこの聖闘士◯矢だよ…………

魔法があるのはデフォだと理解しているけど、なんか普通の魔法のイメージと違う使い方してるし……いや、イメージ通りのやつも使えるけど。

相手にクッション性のいい防弾チョッキ着ぐるみ版を着せてるとか普通じゃないでしょ……「魔法？　使えるけど、物理が最高だよね！」みたいなトレーニングってどうよ？

トレーニングもおかしかったけど、何？　犬共の躾《しつけ》って…………あれ、犬じゃないじゃん……人じゃん……しかも侯爵家の私兵じゃん……王宮に行くとき護衛してくれてた人たちじゃん……

トレーニング終わりに、パン一（あれ？　パンツっていうよりふんどしだわ）の私兵を四つん這《ば》いにさせて（ケツ丸出しやん！）乗馬鞭《むち》（マジか！）を手でパシパシいわせながら、後ろを歩く（ケツを眺《なが》めながら！）。

身じろぎすれば、即座に鞭《むち》を打つ（容赦《ようしゃ》なし！）。しかも言葉責め（どこの女王様だよ！）しながらなのに歓喜に震える私兵たち（マジで勘弁《かんべん》！）。

その場にいる全員（七〜八人）を打ち据《す》えた後、叱咤激励《しったげきれい》（って言っていいの？）して出ていく。

私兵たちの数は把握《はあく》してないけど、二桁《けた》はいるから交代でってことだよね……その全員をぶっ叩いてるわけで…………エリーゼ様……自分のことだけど、あえてそう呼ばせてもらいますよ。いじめはしてないけど、躾《しつけ》（って言っていいの？）はしてたんですね。

昨日今日と二日連続でしてないから、私兵たちが捨て犬のような目で私のことをチラ見していたのですね。

バカッ！　エリーゼ様のバカッ！　どうすんのよ！　あれ！

…………分かってます、明日から私が犬共の躾《しつけ》をするんですね……………………

でもトレーニングなんて……できそう（笑）

今の私は体力あるからなぁ。

ランニングは邸《やしき》の敷地内を走れば問題ないでしょ。

夜とかは、至って普通の令嬢のように過ごしてたみたいだし…………

いや、格好が普通じゃないわ……スカートとかドレスじゃない……男みたいにシャツとパンツとブーツだわ…………

下着もおかしい……カボチャパンツが女子のデフォなのに、ふんどし愛用だよ……

あ、この世界の男性下着は中世ヨーロッパと同じでシャツと一体型なのに、ここんちはエリーゼがふんどし提案したんだっけ。

…………家族全員、ふんどし愛用になってる…………使用人たちまで…………

でも、お出かけのときはふんどしの上にカボチャパンツ着用してる。たぶんダミーで穿《は》いて……違った！　ドレスだからだ！　クリノリンのボーンが当たるからだ！

それよりエリーゼ……お父様のふんどしに刺繍《ししゅう》してるわ……お兄様たちのにも……

ハンカチなら絵的になんの違和感もないけど、ふんどして……

自分のふんどしもピンクとかブルーの生地で作ったり刺繍《ししゅう》したりレースをつけてみたりしてるわ……

いわゆる越中《えっちゅう》ふんどしか、もっこふんどしなんですね、着脱しやすく洗濯しやすい……洗濯しやすい！　そこが使用人たちに受けたんだな！　洗濯機ないですもんね……でも、ここんち洗濯板があるわ…………

やはり洗濯板もエリーゼ発でした。そして今着けてる下着ももっこふんどしでした。

ヒモパンじゃなかったんですね……

ところでウチの使用人、顔ぶれが変わってないな……増えてはいるけど、辞めた人がいない気がする。お給料がいいだけじゃないいんだろうなぁ……

ん？　待てよ？　お母様や私の侍女って帝国のシルヴァニア家経由で来てるけど、何か意味があるのかな？

お兄様たちの側近は領地出身だし……側近？　……いや、主従って関係じゃないやん……もっと深い関係やん。

って、アカンこと思い出した……

でもキャスバルお兄様と側近のおかげで、領地の特産品が生まれたし……あの特産品のおかげでそれなりに豊かになってるし……考えたら負けだっ！　感じても負けだっ！

なんだよ、もぅっ！　ヤメヤメ！　考えるのヤメ！

仰向《あおむ》けに寝っ転がり、膝《ひざ》を立てて手を頭の後ろで組む。きっと簡単に腹筋できるはず、私の記憶が確かならば。

フッと力を入れると簡単にできました。すごいね……前世じゃあ無理でしたけど、こんなに簡単にできると楽しくなりますわ。

フッフッと何回も腹筋運動をします。キャスバルお兄様の側近、なんて名前だったかなぁ……まだまだ、できるな腹筋……あぁ、そうだレイとか言ったか……汗出ちゃうな～

でも、まだまだイケる。

あの特産品、なんて名前で発売されたっけ……？　みつ……みつなんだっけ……おっ、ちょっと疲れてきたぞ！

そうだ、蜜水《みつすい》だ！　イヤン、やらしい名前♪　でも貴族や金持ちにバカ売れしてるんだよね………未《いま》だに…………

クッ！　鮮明に思い出した！　キャスバルお兄様とレイのイチャイチャタイム！

小っさかったからとはいえ、夜中にお兄様の部屋に突撃とかバカなの私（涙）

怪我の功名《こうみょう》よろしく特産品ができたけど、ありゃないわ。そうだ、あの翌日にお父様から説明受けたっけ……我が領地では主従でああいうことをするのが当たり前なんだって……

大分《だいぶ》腹筋運動したし、寝れそうだわ。

それにしても、若い頃のキャスバルお兄様シュッとしてたなぁ……レイもちょっと可愛いかったし…………なんで突撃したんだっけ？

…………そうだ、なんか長いこと出かけてたお兄様が久しぶりに戻ってきて……

ご本を読んでもらいたくて突撃したんだっけ……

ああ…………もぅ無理、落ちちゃ…………グゥ……

王都での毎日

パチッと目が覚めました。まだ夜明け前ですが、「エリーゼの毎朝と同じ時間に起きる」と気を引き締めるだけで、勝手に目が覚めました。学園寮《りょう》では毎日自分で着ていたんだから、自室でもちゃんとできるはず。

ワードローブを次々と開けては閉めていきます。一番端《はし》のワードローブにズラリとシャツとパンツがかかってました。下にはブーツが何足も置かれてます。

今日は木綿《もめん》の黒のシャツとパンツを手に取り、黒いブーツを掴《つか》んで着替えを行《おこな》う衝立《ついたて》の中に進む。寸胴《ずんどう》な作りの寝間着《ねまき》を脱ぎ捨て、もっこふんどしのヒモを締め直す。

……？　そうだ……確か朝は寸《すん》を詰めた簡素なコルセットを着けてた。後ろで締め上げずに前で締め上げるやつ！

さっきのワードローブに舞い戻り扉を開けると、ちゃんとかかっていた。一枚手に取り再度衝立《ついたて》の中に戻る。

この寸《すん》を詰めたコルセットは特注品で、従来のコルセットを短くしたというより、ブラジャーに近い作りになっている。乳房を締めつけて盛り上げるのではなく、乳房を包んで揺れ動きにくい形にしてもらったのだ。締め上げるヒモをリボンのような平織りにしてもらって、ヒモを通す穴も少なめにして自分で着脱しやすくしたんだっけ。

シュッシュッとヒモを通して、ギュッと締め上げる。

その上に黒いシャツを羽織《はお》り、自分でボタンを留めてゆく……あぁ、違和感もないし気分が高揚《こうよう》してくる。

パンツを穿《は》き、ウエストのボタンをはめ……キツい！　デブったのか？　ちくしょう！　だが、負けぬ！

息を吐き、腹に力を入れ、ウエストから前立てのボタンを次々とはめていく。無事はまったのでフーッと力を抜く。

だが油断は禁物だ。乗馬用のパンツというかブーツカットに近い造りで、この上に素足でブーツ履《は》くんだから……

でも、なんか呪文言ってた気がする……えーっと……なんだっけ？　…………思い出した！

「ドライ」

言った瞬間、フワンと空気が動いたのを感じる。呟《つぶや》いただけでもイケちゃうんだな……便利って言っていいのか？　な……？

　ブーツも編み上げだけど緩《ゆる》めにヒモが通してあり、ちょいちょい締め上げればいいだけになっていた。ミュールのような室内履《ば》きからブーツへと履《は》き替え、ブーツのヒモを締めていく。

　何か一つ足りない……なんだ？　再度ワードローブに舞い戻り開けてみる……あ、ベルトだ……幅広の黒のサッシュベルトを取り出して着ける。よし！　いつもの格好だ。

　鏡台に向かい椅子に座るだけで、手が勝手に引き出しを開けてブラシを取り出す。体が覚えているのだ。そのブラシでためらいなく髪を梳《す》く。ブラシが入っていた引き出しとは違う引き出しを開けると、リボンやヒモが入っていた。その中から赤いリボンを選び取り、髪を一つにまとめる。

　あぁ……いつもの私だ……

　洗面所に赴《おもむ》き、洗面器に水を張って顔を洗う。すぐそばには木綿《もめん》の手拭《てぬぐ》いが置いてあるので、それで顔を拭《ふ》く。

　織物の技術が発達していないので、まだタオルはない……タオルのフカフカな肌触りを懐かしく思うけど、技術的な問題故《ゆえ》どうにもならない。

化粧水などもないがヘチマの存在を知ったので、この先どうにかするつもりだ。

静かにバルコニーに出て、下を見る。敷き詰められた石畳《いしだたみ》だ。

手すりをヒョイッと乗り越え石畳《いしだたみ》の上にスタッと降り立つ。軽く屈伸してから広々とした邸《やしき》の敷地を走る。夜明け前の空気は澄《す》んでいて、気分がいい。

「運動靴《ぐつ》欲しいな………マラソンシューズとか贅沢《ぜいたく》言わないからさー」

思わず愚痴《ぐち》がこぼれます。いっそ地下足袋《じかたび》とか……ダメだ、耐久性が悪すぎる。

タッタッタッタッ。自分の走るリズムが軽快でますます気分がいい。けどブーツって重く………ないな………

慣れ？　でもないか……この世界の革って………よく分からないけど、種類がたくさんあるわ。

皮革製品に使用できるのは、牛・馬・羊・魔物……この魔物ってのが色々あるみたい。

私が今履《は》いているブーツも魔物の革製品だった。軽くて長持ち！　補正付き！　らしいね……って補正って何⁉

難しいことは後回しにしとこう。

結構走ってる気がする。いや、走らず歩きに切り替わってきている。体が覚えてるのか？　何も考えなくても、体が勝手に動いてくれる。便利！

…………はい、目の前に練兵棟《れんぺいとう》が現れました。さすがルーチンワークですね！

嬉しくないですけど！

ハァ……気が重い……コツコツ響く音すら重い……あーぁ、入り口に近づいちゃうなー。

バァン！

「お待ちしておりました！　エリーゼ様！」

勢いよく飛び出してきました。屈強《くっきょう》な男たちが……パン……いや、ふんどし姿で……入り口の扉が開かれ、男たちは石畳《いしだたみ》の上で伏して頭を下げてます。

左右に三人ずつ計六人が土下座《どげざ》ってます。

どうしよう……声かけるべきなの？　かけるとしたら、なんて？

……クッ……考えるな！　無心で行けば、なんとかなる！　とにかく入るわよ！

「待たせたわね。弛《たる》んでいたら、お仕置きよ」

ギャー！　これじゃ女王様やんけー！

「はいっ！」

「ありがとうございます！」

「お待ちしておりました！」

「嬉しいですっ！」

「ワンッ！」

「お仕置きしてくださいっ！」

どいつもこいつも！　ワンッって何よ！　とか思うのに……心の片隅《かたすみ》でいい返事だわって頷《うなず》く自分がいた……


練兵場《れんぺい》です。練兵棟《れんぺい》の中にあるトレーニングルームのことです。

私の後をゾロゾロとついてきたふんどし集団が隅《すみ》っこで腕立て伏せを始めました。腹筋するためのベンチとか、バーベルとかダンベルとかがあります。

謎の革でできてるサンドバッグもあったりしますが、シャレにならない存在感を出してるのは部屋のど真ん中にある柱です。高さ二メートルほどで、材質はやはり謎の革……

グッと押すと少しヘコみます。

これがパンチ&キックのトレーニングに使っていたものでしょう。二歩下がり息を整え、気を巡らせて正拳《せいけん》突きの姿勢を取り……

「セイッ！」

右の拳《こぶし》を思い切り繰《く》り出しましたが、ビクともしません。

ククク ッ…………素晴らしい……コレならば思い切りやっても無問題《モウマンタイ》だぜよ！

「セイッ」

「セイッ」

「ハァッ！」

「ホアタァァァ！」

いいい！　これはいいものだ！　思い切り繰《く》り出すパンチ＆キックにビクともしない柱。何も考えずに次々と打ち込みます。気分は爽快《そうかい》です。どれくらい打ち込んだか分からないほどですが、全身汗だくですよ。ほどよく疲れてきたので、そろそろ終了ですね。

「いい運動になったわ」

「エリーゼ様、お疲れ様ですっ！」

「お嬢様、こちらをどうぞ！」

振り返れば奴ら（ふんどし集団）がいる。労《ねぎら》いの言葉と共に差し出されたのは、汗を拭《ふ》くための布と少し冷えた水の入ったカップでした。

布を受け取り汗を拭《ふ》き、カップの水を飲み……って水じゃない！　なんかちょっと甘くてしょっぱい……これ、スポドリだ……蜂蜜《はちみつ》とは違う、どちらかというと砂糖のような甘さ……

「これは……何でできているの？」

おっと、心の声が漏れちゃった（笑）

「てんさいを煮た水を薄めて塩を入れたものです。エリーゼ様が教えてくださったのですよ？」

さよけ……てんさいって砂糖の原料だからそりゃ甘いわな……

無言で布とカップを返すと、別のふんどしが乗馬鞭《むち》を差し出してきました。

受け取らなきゃいけないの……？

ふんどし集団は期待に満ち満ちた笑顔で私を見てます。

ちくしょー！　女は度胸じゃー！

ガッ！　と掴《つか》むと湧《わ》き上がる征服欲、そして勝手に口が開きます。

「犬共っ！　なぜ突っ立ってる！」

イヤーッ！　ガチ女王様やんけー！

すぐさま動いたふんどし集団たち。私の前をあけて三人ずつ四つん這《ば》いで並びます。

もちろん、頭は外側です。とんでもない光景です。左右に並ぶ、ヤロー共のケツとかサイテーです（涙）

ふんどし集団がハァハァ言うのが聞こえます。ガンバレ私！　ガンバレエリーゼ！

思い出せ！　考えるより感じろ！

引き締まった尻を乗馬鞭《むち》で軽くペチペチと叩きながら、ふんどし集団のセンターを歩く私。

「ご褒美《ほうび》を、お願いします！」

バシインッ！

「アァアッ！　ありがとうございます！」

脊髄《せきずい》反射でぶっ叩いてしまった……なのに、感謝された……（涙）

「エリーゼ様ぁぁ！　私にもご褒美《ほうび》をっ！」

「この卑しい犬にも鞭《むち》をっ！」

「ワンッワワンッ！」

「私にも鞭《むち》をっ！」

「私っ！　私にもご褒美《ほうび》をっ！」

どいつもこいつも！

「味わうがよい！」

バシンッ！　バシインッ！　バシインッ！　バシイッ！　バァンッ！

「「「「ありがとうございますっ！」」」」

……やっちゃった………

手からポロリと乗馬鞭《むち》が落ち……ふんどしの一人がキャッチしました。

「「「「「お疲れ様でしたっ！」」」」」

疲れた……精神的に……でも、なんでだろう……ちょっと達成感があるや……

涙が出そう……帰ろう……部屋に帰ろう………

私は静かに練兵《れんぺい》棟から脱出し、全力疾走《しっそう》で自室に向かう。自室が見えた！　二階だが、

キニシナイ！　ジャーンプ！　シュタッ！　バルコニーに到着っ！

バサッバサッ。

……うん？　振り返ればそこにいたのは……

ギィヤァァァァァァァァァ！

ギャァァァァァァァァァァァア！

はい、鳥さんです。ごはんですね、分かります。

無言で部屋に戻り、鳥の餌《えさ》を鷲《わし》づかみにしてくる。

「お食べ」

餌《えさ》を両手に分けて差し出すと、静かに啄《ついば》む鳥さん。

鳴き声はアレだが、こんな風にしてれば美しくて癒《いや》される。

ガッ。

ガッ。

グガァァァァ。

ギガァァァァ。

はいはい、さいならさいなら。達者でなー。

バイバイと手を振り、見送ります。朝日を受けてキラキラ光る尾羽《おばね》は本当に美しい。

さて……ザッと汗を流すか……

浴室に行って入りました。読者サービスは一切なしです！

魔道具《まどうぐ》がありまして、お湯が出ます。一応シャワーでしたが、大昔のシャワーですね。じょうろの先っちょみたいなやつですわ。

とはいえ便利ですね、これまで人任せであれこれ見てこなかったもんだからマジマジ見ちゃいました。

で、まぁ……拭《ふ》こうかな？　と思いましたが、さっき「ドライ」って言ったら何かできたじゃないですか。だからね、また「ドライ」って言ってみたんです。そしたら乾きました。

私も浴室も、一体どうなってんでしょうか？　ふんどし連中のおかげで、メンタル大打撃です。

真《ま》っ裸《ぱ》で先ほどのワードローブ前に行き、水色もっこ↓寸《すん》詰めコルセット↓シャツ（今度は白）↓パンツ（今度は茶色）↓ブーツ（今度は焦げ茶）↓サッシュベルト（焦げ茶）と自分で着用しましたよっと。

「あー……疲れたー」

「おはようございます、エリーゼ様。いつもの格好に戻したんですね、残念です」

チッ！　残念とか言うなやアニス！

しかしいつもの格好ってことは、やっぱりドレスは着てなかったんだな。

「おはようアニス。残念とか言わないでちょうだい。この格好の方が落ち着くわ」

いつでも戦闘体勢とれるしな！　いや、とらないけど（笑）

「エリーゼ様を飾り立てられると思っていたのに……」

嘘だー、真剣味の欠片《かけら》もなく言われても信じられなーい。

でも、まぁ……ちょっとだけ、やってもらおう。

「それなら任せるわ。できればサイドを編み込みにして後ろで一つ縛りにしてちょうだい」

「はい、かしこまりました」

ニコニコと嬉しそうに準備を始めるアニス。

鏡台に向かい、実に愉《たの》しそうにリボンをいくつも出している。

「アニス、ほどほどにね」

とか言っていたら、もう終わりました。…………手早いです。色取り取りのリボンが一緒に編み込まれてます。

カラフル～♪　まぁ、この格好じゃアクセサリーとかつけられないし、他に飾るとこないもんな～……仕方ないか……

「出来上がりました。どうですか？」

アニスったら、そんなご機嫌な顔して聞いてくるなんて可愛い～。

「とても素敵に仕上がってるわ、ありがとう」

「んもぅ！　エリーゼ様がドレスだったら、もっと可愛くできるのに～」

笑顔でそんなこと言われても……着ないよ！

とにかく身支度《みじたく》は済んだ。学園は卒業したし王子妃教育もないので、邸《やしき》から出る必要はない。

朝食をいただいたら、秘密の野菜畑に行くか、図鑑《ずかん》を再度チェックするかのどちらかかな？

ふむ………トムじいの作業小屋に寄ってみるのも一興《きょう》か。

よし、野菜畑に行ってからトムじいを少し待って、来なかったら作業小屋に行こう。

トムじいの仕事の邪魔はできないしね！

今日も美味《おい》しいもの、食べるぞ！

カボチャの収穫とヘチマの収穫もしなきゃ！　特にヘチマ！　体ゴシゴシ洗いたい！

お肌には悪いかもしれないけど、前世はヘチマ束子《たわし》愛用者だったのよ！　なんていうか……やっぱり体擦《こす》りたい！

あーなんか体中がむず痒《がゆ》くなってきた……垢《あか》すりとかないしね……はぁ………

日本人って結構贅沢《ぜいたく》な暮らししてたんだな……この世界で生きてるとしみじみ思うわ……


はいっ！　時間はどんどん進みました！

午前中は朝食↓畑↓トムじいの作業小屋↓畑（収穫）↓トムじいに説明↓シャワー。

午後は昼食↓畑↓厨房《ちゅうぼう》↓お母様とお茶↓厨房《ちゅうぼう》↓自室でドレスに着替えて夕食↓湯浴《ゆあ》み↓ベッド。

早いですねー（棒）

なんでかって？　今日は秘密の野菜畑で分からない木の種類を確認してたんです。そしたらね、全くもってご都合主義感がすごい木ばかりだったんです。ええ、おかげで喜び疲れました。

おまけにトムじいの作業小屋の隣にてんさい畑があったわけですよ。で、ですね、カボチャとヘチマの収穫を一緒にしながら説明。そんなこんなで汗かきましてん、シャワーを浴びたんですよ。

ササッと昼食を取りまして、てんさい畑でてんさい二個だけ収穫。

厨房《ちゅうぼう》で砂糖作りにチャレンジ。一回目はちょっと失敗、二回目はなんとか成功しました。新たな甘味料《かんみりょう》として活用できそうです。

そして本日の大収穫！　謎の木の正体について説明しましょう！

トムじいの話では『しょうの木』『そうの木』『ガラの木』の三つですが、『しょうの木』はさらに三種類あり『ガラの木』もさらに三種類あったんですよー！　でも『そうの木』は一種類だけらしいのです。

さて、ご都合主義感がすごいこの木たち……なんと私が欲しかった調味料とスープの木でした（笑）

『しょうの木』

これは醤油《しょうゆ》の木でした！　大きなサクランボのような実が年がら年中、木に生《な》ってるそうです。この実を搾《しぼ》ると醤油《しょうゆ》になるんです！

でも、花が咲くわけでもなく種で増えるわけでもなく、接《つ》ぎ木で増える木だっていうんですよ。

不思議ですよね？　で、種を割ったら味噌が出てきました！

図鑑《ずかん》などで確認したら、海岸沿《ぞ》いや岩塩坑《こう》の近くにしか自生してない木みたいです。

ちなみに黒・茶・ベージュと三種類あり、黒は濃口醤油《しょうゆ》（種は赤味噌）・茶は薄口醤油《しょうゆ》（合わせ味噌）・ベージュは白醤油《しょうゆ》（白味噌）でした！　やったね！

『そうの木』

これはライチのような実でした。ちょっと硬い殻《から》で房状《ふさ》に生《な》ります。これも花は咲かないけど年がら年中実が生《な》り、接《つ》ぎ木で増える木だとのことです。

ぶっちゃけソースでした！　舐めてみたらウスターソースの味がしました。

『ガラの木』

はいっ想像できますねっ！　ガラスープでした！　木の実は椰子《やし》の実のようなのに木は普通の木で違和感ありましたが、気にしちゃいけないんだと感じました。これも花は咲かず年がら年中実がなり、接《つ》ぎ木で増える木とのこと。

茶・薄茶・白と三種類ありまして、茶は牛骨スープ・薄茶は鶏ガラスープ・白は豚骨スープでした。テンション上がりまくりです。おかげで家族の夕食は調子に乗って、自分で作ることにしました（笑）

塩味以外のスープが飲みたかったんです。まずは無難な鶏ガラスープからトライです。本当にただの鶏ガラスープなので、それだけじゃ美味《おい》しくない。そこで畑へダッシュ！長ネギ（ただし、白い部分はない）とショウガをゲット！

厨房《ちゅうぼう》に戻り、鶏ガラスープを入れた鍋《なべ》に綺麗に洗った長ネギとショウガをイン！でも、圧倒的にスープの量が少ない……どうしよう？

切なくなって割った後の実を見つめてたら、こう……ココナッツ的な感じの部分に気が付きまして……調べてみたら、鶏ガラスープの素《もと》（固形タイプ）でした！やったね！

水で溶いて、かさ増しです。そこに魔物の肉をゴロゴロ入れまして、煮込んでいきます。この隙《すき》に、小麦粉と塩と卵を使って麺《めん》作りです！でも、それは料理長にお願いします（笑）

だって力仕事ですもの。料理長も愉《たの》しそうに作ってましたよ。『新しい料理だー！』とか、大喜びでした。

麺《めん》は湯がいてスープ皿に小分けにしてもらいまして、スープの仕上げにかかりました。

そう、醤油《しょうゆ》を入れたのです。茶色の薄口醤油《しょうゆ》をチョイス。

たこ焼きサイズのサクランボのような実を軽く潰《つぶ》すだけで、果汁（醤油《しょうゆ》）がとれます。

種はギンナンの殻《から》みたいな感じで、軽く煎《い》ってコンコンと叩くとパカッと割れて味噌が出てきます。おっと、脱線（笑）

鶏ガラスープに醤油《しょうゆ》を足して味見すると、すごく美味《おい》しかったです！

スープの盛り付けは料理長にお願いして、食堂で家族と一緒に待ちました。そこへ厨房《ちゅうぼう》から料理長の喜びに満ちた、野太い雄叫《おたけ》びが聞こえてきたんです。

出てきたスープは……なんということでしょう。

平打ちパスタが中央に美しく盛り付けられ、その上に品よく肉が載せられて、長ネギの葉の先を刻《きざ》んだものがパラリと散らされていました。薄茶色のスープはさらに上品に味が整えられ、食欲をそそります。

まぁ、ぶっちゃけるとパスタで作ったラーメン的な代物《しろもの》ができたんです。私にとっては久しぶりの料理でしたが、家族にとっては初めての料理。一口目はおっかなびっくりだったけど、味を知ったその瞬間から夢中になっていました。

聞こえるのは、スープを飲む音と麺《めん》を噛み飲み込む音だけでした……それも、結構な速さで。

貴族ですから優雅な感じでしたが、雰囲気は行列のできるラーメン屋です。無言でラーメンを食べる常連客そのものでした。

ただ、困ったのはスープでお腹いっぱいになりそうだったこと（笑）

メインにたどり着く前に、夕食終了とかダメですよね？　でも、美味《おい》しかったです！幸せ！

幸せいっぱい！　お腹いっぱい！　で寝るのは危険ですが、夜にやることなんてないです。

いや、大人になれば貴族は夜会やらなんやらで夜更《よふ》かししますけどね、私は婚約破棄《はき》されたぼっち令嬢ですから！　夜会はお断りですし、夜更《よふ》かしはお肌の大敵ですし！とっとと寝るに限るんです！

明日も早起きですしね！　明日は何を作ろうかな～。

砂糖に醤油《しょうゆ》に味噌……ガラスープとその素《もと》的なやつ、これだけでも料理の幅が広がる……

考えてたら眠くなってきた……も……落ちそう…………ぐぅ…………

パチッ！　寝落ちした！　……でも、スッキリな目覚めです。今日も昨日と同じような一日を過ごそうと思ってます。

だってなんにも予定がないんですもの……あと三週間はこんな感じで過ごすことになりそう。

……とか思っていたけれど、ちょっと色々変化しそうです。朝は昨日と変わらないのですが、午前は畑以外も探検……いえ、見て回りました。ヘチマの収穫も始めたし、他に知ってるものはないかな？　と林を散策していたら……

ありました！　羽根つきの木です！　正しくはムクロジです。前世では実の中の黒い種を羽子板《はごいた》でついて遊んだものです。

これ、実の皮には汚れを落とす成分があるんですよ！　石鹸《せっけん》がなかったところに救世主現《あらわ》るですよ！　ヘチマ束子《たわし》ができたら、ゴッシゴシに擦《こす》ってやんよ！

……ヘチマが腐りきるまで、待たなアカンけど……

うーん？　柿の実の収穫とムクロジの実の収穫は人に頼まないとダメかぁ……高さがあるから、トムじいか他の庭師に収穫してもらおう。

そう、柿も結構生えてました。トムじい曰《いわ》く、秋の林を彩《いろど》る橙《だいだい》色の木の実は可愛らしいとのことでした。鳥も食べないってことは……渋柿《しぶがき》ですね！　でも、冬の寒さが厳しい我が国ならば干し柿が作れます！　今冬はさっそくトライです！　干し柿、美味《おい》しいですよね！　前世の私も好きでした！

ドングリも栗《くり》もありましたよ。この世界でも食べてはいるみたいですが……ポピュラーじゃないみたい……

でも、砂糖で甘露煮《かんろに》とか作れるしいいと思うの！　ブランデー的なものを見たことないからグラッセはどうなのかな？　いつか食べたいけど、無理かしら……

ムクロジ、柿、栗《くり》、ドングリの収穫をトムじいに頼んでお昼です。

焼いた鳥もも肉やら焼き野菜やらおなじみのメニューが出ましたが、味付けは醤油《しょうゆ》と蜂蜜《はちみつ》の照り焼き風味でした。

美味《おい》しかったー！　ナイス料理長！

デザートはリンゴ。ただし丸のまま置かれてます。

焼きリンゴとかにすれば……ダメだ！　バターもシナモンもない！　あの砂糖を使ってジャムを作るか……？　もしくはリンゴパイ……バカッ！　バターいるやん！

バター……バターが欲しい！　でも牛乳がないんだっけ……牛……乳……牛汁《ぎゅうじる》ブシャアアアァァア。はっ……取り乱したわ。

………クソッ、牛乳があればバターもクリームもアイスだって……思ったより、やることあるわ。

三週間後の婚姻《こんいん》式までに、どこまでできるか……いや、婚姻《こんいん》式と言っても特にパレードとかあるわけじゃないわよ。昔はあったけどね、五代前と四代前の妃《きさき》のおかげでなくなったのよ。

婚姻《こんいん》式の翌日にお触れが出れば、貴族は王宮に赴《おもむ》いてお祝いの言葉を述《の》べるだけ。いや、庶民はお祭りよろしく飲んで騒ぐらしいわ（笑）

今回は無理やり美談にでもして、盛り上げるのかもね……どうでもいいけど。

それにしても……リンゴ酸《す》っぱい！　なんか、もう……甘い果物食べたい……日本の果物は甘さ極振《ごくふ》りみたいに甘かったからなぁ……

家族は絶賛舌鼓打《ぜっさんしたつづみ》ち中です。肉もスープもおかわりしまくってます。昨日から我が家ではガラスープ祭りです。

太りますわよ！　……って、太らないか……誰もだらけてないで、ちゃんと動いているもんね。

さて、トムじいに干し柿作りの指示を出してムクロジをいじりに行くかかな？

栗《くり》とドングリも……ん？

……今、外をボーッと見てたのですが…………なんか遠くに黄色の木がある？　……探検した林とは違う場所……あっちは排泄物《はいせつぶつ》の処理場があるって言われて近づかなかったけど……まさか……あの木は……イチョウかっ？

確認だ……至急確認せねば、ギンナンの存在を！　よしっ、イチョウの確認してからムクロジいじろう。

敷地が広いってすごいなー（棒）

いつも走ってるルートだとあれは目に入らないかも。朝早いから薄暗いしね。今だって、チラッとしか見えないもの……

たとえギンナンだとしても、素焼《すや》きで食べるしかないかぁ……

茶碗蒸し食べたいな……でも鰹節《かつおぶし》ないから、出汁《だし》とか無理……

早く領地に帰りたい。帰って海の幸《さち》をお腹いっぱい食べて加工品も作りたい……とにかく、王都でできることは可能な限りやろう。

敷地から出ない方向で（笑）

そして、あの二人の婚姻《こんいん》式の日

あれやこれやで日々は過ぎて、今日が二人の婚姻《こんいん》式。怒濤《どとう》の三週間でした。

我が家に洗剤フィーバーがやってきて、パスタフィーバーもやってきました。

てんさいの収穫時期も重なり、砂糖作りで厨房《ちゅうぼう》はてんやわんやでしたが皆いい笑顔でした。

今日、無事あの子が証立《あかしだ》ての儀を終えればあの子は晴れて正妃となる。証立《あかしだ》ての儀は王族が見守る中でその純潔《じゅんけつ》を捧《ささ》げる儀式だ。他に確かめる術《すべ》がない以上、あんな風になったのは仕方ないとはいえ、なかなかハードだと思う。今の私には無理ですよ！

儀式で処女だと証明できれば、そこで儀式は終了となって王族は退出するけど、だからと言って自由になるわけじゃない。王子宮の中、与えられた部屋で宣言した数の子供（男児に限る）を産みきるまで、そこでずっと過ごすのだ。

二人っきりの婚姻《こんいん》式、参列者もいない寂しい式の後、証立《あかしだ》ての儀を行《おこな》い、そのまま部屋でずっと過ごす。ある意味豪華な牢獄《ろうごく》。

自分から殿下の部屋に行くことも叶わない暮らしだけど、好きな人との生活なら我慢できるのかな？

まぁ、とにかく今日あの子の証立《あかしだ》ての儀が終われば明日の昼にはお触れが出る。お触れが出たら、家族全員で王宮に赴《おもむ》きお祝いを述《の》べる。

それさえ済めば王都にいる意味もなくなり、領地に帰れる。あの子があの牢獄《ろうごく》のような離宮にいるなら、間違いなど起こるわけがない。

明日のためにドレスも靴《くつ》もお飾りも何もかも、新しく作ってもらったのよね～。

……いや、卒業する前にたくさん作ってもらったんですけどね。

ほら本来は私が婚姻《こんいん》する立場だったし、婚姻《こんいん》式が終了すると監禁生活突入で職人を入れることもできなくなるからね！　面会できるのは家族（女性に限る）と仲のいい同性の友人だけと、結構厳しいのよ。

でもでもぉ、好きで攻略した（たぶんそうだよね？）王子様だしぃ、邪魔する者もいないしぃ、本人は幸せかもぉ。理解できないけど（笑）

それにしても、あの子……婚姻《こんいん》式で何人子供を産むのか聞かれるけど、何人って答えるつもりだろ？　あれ、男の子の人数だからヘタに多めに言っちゃうと大変なことになるんだよね……答えによって監禁期間が変わるからなぁ……

大体あの子攻略に夢中で同性の友人が全くいなかったのよね。もう少し令嬢としてのマナーができてればお茶会だって誘われたと思うのだけど、ほぼほぼ平民の子と変わらないんだもの、あれでは下位の令嬢だって誘えないだろうなって思ったもの。

気が付けばあの子の取り巻きみたいな男友達ばかりで、どうするのかしら？　って話してたなぁ……今となっては（どうでも）いい思い出だけど。

令嬢たちの間じゃ子供の数のことは周知の事実だから一度は話題に上がるものだし、王妃殿下のときの話はついついしちゃうものねぇ……なんと言っても三人と宣言したのは王妃殿下だけですもの。側妃《そくひ》を嫌った陛下とのラブロマンスは年頃の令嬢の好きな話題の一つだもの！

とりあえず、明日のお触れ待ちだ。それまでは……お菓子でも作りに厨房《ちゅうぼう》に行こうっと！　三時のおやつのためにね！

うーん？　どうしよっかなぁ……

今日は、あーまーーーーーーいっ！　のが食べたいかなぁ？

リンゴを八等分して甘露煮《かんろに》にしてから蜂蜜《はちみつ》漬けしといたやつを食べよう！　フリッターにして！　生地は小麦粉と卵と水でいいや、衣《ころも》は甘くする必要ないよねー♪

重曹《じゅうそう》ないから膨《ふく》らまないけど、気っにしっない～♪　リンゴは瓶《びん》から出して、蜂蜜《はちみつ》を

軽く切ってから揚げてこう。蜜《みつ》切りは小鍋《こなべ》でやってもらって♪　揚げ油は椿油《つばきあぶら》でいこうっと♪

から煎《い》りまして。

そうそう、椿油《つばきあぶら》も作りました！　トムじいが取り置きしてくれた種をちょっと干して

て、拳《こぶし》で滅多《めった》打ちしたら……あら不思議！　油がジワッと……じゃなかったです（笑）

粗《あら》みじん切りにしたのを木綿《もめん》の袋に入れて、私専用に作ってもらった金だらいに入れ

ジョンワジョンワ出ました。打ち終わった後に搾《しぼ》ったら、さらにジョボジョボ出まし

たわ。ざっと十リットルくらいは採れましたよ♪

リンゴのフリッターは料理長に任せて、リンゴの蜜《みつ》切りで出た蜜《みつ》はこのままお湯を沸

かしてもらって、茶葉を入れて煮立ててから、茶こしでポットに移してもらって……サ

ロンでおやつタイムにしましょうっと♪

あ〜いい匂いしてきた〜♪　ウフフ、幸せタイムだわぁ♪

「料理長、私は先にサロンに行っています。執事《しつじ》に伝えておきますから、準備をよろし

くお願いしますよ」

料理長に頼んで、厨房《ちゅうぼう》を出て執事《しつじ》のもとへと急ぐ。

「あぁ、ここにいたのね。今からサロンでお茶をするので、厨房《ちゅうぼう》に用意してあるお茶と

おやつを持ってきてちょうだい。それと、サロンにいない家族を呼んできてくれるかしら？」

執事《しつじ》は恭《うやうや》しく一礼しました。教育が行き届いているって素晴らしい！

「エリーゼ様、奥様は本日お出かけになっております。何時にお戻りになるか分かりませんがいかがいたしますか？」

こんな日にお出かけ？　いや、でも侯爵夫人だし社交の一環《いっかん》でお出かけじゃあ仕方ないか……

「お母様の分のおやつは取っておいてちょうだい。きっとお疲れになっているでしょう？　甘いものは喜ばれると思うわ」

「かしこまりました。では、奥様の分は取り置いておきます。他は皆様サロンにおられます。では、お茶の用意をいたしますのでお待ちください」

さ、おやつ～おやつ～♪　リンゴのフリッターと、ほんのりリンゴの香りがする、ちょっとだけ甘い紅茶♪　楽しい、おやつの時間～♪

おやつの時間はとっくに過ぎて、すでに日も暮れました。邸《やしき》の中は灯りが灯され、豪《ごう》奢《しゃ》な内装や家具が煌《きら》びやかでロマンチックです。見てるだけならですが……メイドさんたち、ありがとう！

……………明日、婚姻《こんいん》式のお触れが出たら、私たち貴族は王宮で行《おこな》われる祝宴《しゅくえん》（夜会）に強制参加です。

もれなく私も参加し、あのバカ王子にお祝いを述《の》べなければなりません。

え？　転生令嬢はって？　おりませんよ。きっちりお子様を産みきるまで、公務は元より夜会もお茶会も参加できません。ですからしばらく、お顔を拝見することなどないと思いますよ。

まぁ、祝宴《しゅくえん》となればお家ごはんは無理でしょうね……明日は遅くに帰ってきて、夜食……もないかなー泣けるなー。最近、美味《おい》しいものばかり食べてたから、辛いわ……

夜会だから、それなりに摘《つ》まむものはあるだろうけど、この三週間で舌が肥《こ》えまくった我が家の面々からは不満が出るに違いない。なので本日の晩餐《ばんさん》は、あれこれリクエストしました。

リクエスト内容は以下のメニューです！　ウチの料理長はデキる料理長です！　当然、これ以外のものもありましたが割愛《かつあい》！

カボチャのポタージュ

季節の焼き野菜
生パスタのペペロンチーノ・川エビとカボチャのフリッターを添えて
鹿肉のステーキ・柿のソースがけ
ガーリックトースト・フォアグラペーストと共に
栗《くり》の甘露煮《かんろに》・梨のコンポートと共に

贅沢《ぜいたく》ですね。でもいい鹿肉が入ったと聞いてのリクエストです。干し柿も大分《だいぶ》できたので、ソースに使ってもらいました！

美味《おい》しそうでしょ？　美味《おい》しかったんです！　ただね、お母様がまだお戻りになってなかったの……おやつだって取り置いてあるのに……遅い時間に食べたら……お母様……太っちゃうかも！

……………いや、ないな。お母様、何がどうなっているのか分からないけど全然太らないのよね……

一度聞いたら『魔法よ』とだけ言って、微笑《ほほえ》んでいたけど……

くっ……魔法で体型維持できるとか、超羨《うらや》ましい！　私もその魔法知りたい！

いや、私だけじゃないか……貴族女性のほとんどが知りたいか……目の色変わっちゃうだろうな……結構皆様、ご苦労なさってるみたいですもの。

ハァ……本当、お母様ってば、どうなさったのかしら？

こんなこと初めてで気が気じゃない……

はー晩餐《ばんさん》も済んじゃって、湯浴《ゆあ》みも済みました～。今は、寝間着《ねまき》にウールのガウンを羽織《はお》って就寝《しゅうしん》前のお茶タイムです。

ん～今日はお母様の顔見てないわぁ……いくらなんでも、お留守の時間が長すぎるんじゃなくって？　お母様っ！

この時間までってことは、普通のお出かけじゃないってことか……

怪しいのは王宮だけど、まさか婚姻《こんいん》式を見てるってことはないだろう……いや、お母様のことだから物陰からコッソリ監視とかありえる。じゃあ……まさか……証《あか》立《だ》ての儀も……？

いやいやいや！　ありえないでしょ！　怖いって！　落ち着け！　落ち着け、私！

せっかくの紅茶を楽しまなくっちゃ！

ふぅー。

「エリーゼ様、起きてらっしゃいますか？」

ソッと扉を開けて、アニスがひょっこり顔を覗《のぞ》かせた。

「起きてるわよ。どうしたの？」

暖炉《だんろ》の前に置いてある寝椅子から体を起こして、扉を見やって答える。おっと、暖炉《だんろ》と言っても火は入れてないよ！　魔道具《まどうぐ》で暖かくしてるんです！

静かに歩み寄ってきたアニスは、嬉しいことでもあったかのような笑顔だった。

「今、奥様がお帰りになられて、お一人で夕食を召し上がってます。エリーゼ様のリクエストメニューだとお伝えいたしましたら大変喜ばれまして。もし起きているようならば、食堂にてご一緒にお茶をしないかと仰《おっしゃ》られました。いかがいたしますか？」

お母様が帰ってきた！　しかも晩ごはんのメニューに喜んでるって！

一緒にお茶とか、飲むに決まってるじゃない！

「今すぐ行くわ。あ……この格好でも構わないかしら？」

今から着替えるとか、メンドイんですけど……

「遅い時間ですし、皆様この時間ですと、寝間着《ねまき》にガウンを羽織《はお》ってサロンに来てたりしますよ」

……!!　なぬ？　ガウン姿でサロン？　私以外の家族で家飲みか？　そうなのか？

そうなのね！　未成年ってつら………あれ？　この世界って学園卒業と同時に成

人……

ってことは私、大人じゃーん！　飲んでもいいじゃん！　いや、飲みすぎは淑女《しゅくじょ》としてアカンから気を付けるけど！　ちょっとなら、飲める～♪　ガウン姿で大丈夫ならこのまま行こうっと♪

「じゃあ、このまま食堂に向かうわ」

「はい。ではエリーゼ様、参りましょう」

え？　アニスも一緒に来ちゃうの？


ただ今アニスを連れて、食堂に向かってます。まぁ、一人だと危険……危険かなぁ？　…………むしろ相手が危険か……？　うっかりガチで殺ったらダメだな（笑）

うん、アニスがいて正解！

広いと移動するだけで、結構時間がかかりますね……

万歩計とかつけてたら、一日でかなり歩数稼《かせ》げるなぁ……朝夕ウォーキングする必要がないほど歩かされますな。

おっと、食堂に着いたわ～。アニスが扉を開けてくれます。便利！

「お母様、お帰りなさい」

「エリーゼ、どれもこれもとても美味《おい》しいわ」

上機嫌のお母様は蕩《とろ》けるような笑顔で仰《おっしゃ》いました。

そらもう、私が男だったらドキがムネムネしちゃうくらいです。

「お口に合ったみたいで、嬉しいですっ！」

「ふふ……本当、エリーゼが伝えた料理やお菓子は素晴らしいわ。グレースも喜んでいるのよ」

グレース……王妃殿下にお会いしてたのか……？

「お母様は今日……その……」

ニコリと微笑《ほほえ》んだお母様にゾワリと寒気を感じたのは、気のせいじゃないと思う。

「今日はグレースのところにいたのよ。もちろん、時折《ときおり》一人になった時間もあったのだけれど」

やっぱりかぁ……これ以上聞くのは危険だね、私の精神がっ！

「そうですか、では今日は疲れましたでしょう？」

これで話題変わるかな？

「ええ、疲れたときは甘いものがいいわね。カボチャのポタージュはほんのり甘くて……またいただきたくなる味だったわ。でも、一番の楽しみは最後の甘味《かんみ》ね。午後のお茶うけも取り置いてあるのですって？　それも楽しみなのよ」

　変わった！　よし！

「午後のお茶うけはリンゴを使ったものですけど、お父様もお兄様も喜んでいましたわ」

「そう。それは楽しみね。ウフフ……明日は無事お触れが出ます。祝宴《しゅくえん》が行《おこな》われますから、うんとおめかししましょうね」

　釘《くぎ》刺されたー！　そっか、明日は気合い入れて、ドレスアップしろってことですね。

　お母様は王妃殿下から直《ちょく》で、証立《あかしだ》ての儀が無事終了したことを聞いたのか。

　あー、お肉を食べ終えて次はパスタか……デザート以外ほとんど並べてあるなぁ……

　一緒に食べたかったなぁ……ごはん。

　早く領地に帰りたいなー、王都だと結構お呼ばれされて、家族間のコミュニケーションョン取れないいんだもん。

「はい、お母様。明日の祝宴《しゅくえん》が済めば領地に帰れますね。私、早く領地に帰りたいです」

　あー本音が出ちゃったー（笑）

　お母様は一瞬、手を止めて私を見た後、クスクス笑いました。笑われましてん……

　ちょっとショック。

「私も早く領地に帰りたいわ。こちらは煩《わずら》わしいことが多すぎですもの。雪が降る前にあちらに着きたいわ」

雪が降る前に……そうだ、本格的な冬が来たら王都から出れなくなる。

私個人の私物も普段使いのもの以外はほとんど荷造りされてるし、きっと家族全員の私物が必要なもの以外は荷造りされてるか送られているだろう。祝宴《しゅくえん》用のものがわずかに残っているだけで。

そしてあっという間に食事は最後のデザートになっていた。香り高い紅茶がお母様と私の前に出される。

お母様に出された紅茶は、普通の無糖の紅茶。

私に出されたのも普通の無糖の紅茶だけど、リンゴジャムの入った小さなお皿が添えられてます。ロシアンティーでいただきます。

お母様の前にデザートの栗《くり》の甘露煮《かんろに》と梨のコンポート添え、午後のおやつだったリンゴのフリッターが出されました。甘い香りが漂《ただよ》ってきます。

その香りだけで、お母様の機嫌がさらによくなっていくのが分かります。まずはリンゴのフリッターに手を伸ばしました。時間が経ってしまって、揚げたてのよさはすでにないです。が……リンゴから滲《にじ》み出た蜜《みつ》を衣《ころも》が吸っちゃってます！

「ん～!!　この衣《ころも》も甘くなってて美味《おい》しいわ！　リンゴも甘酸《あまず》っぱくて最高よ！」

褒《ほ》められました！

「ンフゥ！　いつもより美味《おい》しく感じるわ」

お母様の手が止まりません。いつもより美味《おい》しいと感じるのは、疲れている証拠です。あっという間に完食です。残念そうな顔で、お皿を見つめないでください。まだ、栗《くり》の甘露煮《かんろに》と梨のコンポートがありますよ！

「エリーゼ、どちらから食べるべきかしら？」

そりゃごもっともな質問です。

「梨のコンポートからですわ、お母様。栗《くり》の甘露煮《かんろに》はとても甘いですもの」

極上です！　極上の笑みをいただきましたぁ！

カチャ……パクッ。……お母様が一心不乱《いっしんふらん》にデザートを食してます。

「ん～～～！　なんって、幸せなのかしら！」

こちらも、あっという間に完食でした。

「あぁ～～！　もっと食べたいわぁ、この栗《くり》！　エリーゼ、どうしてこんなに少しだけなの？」

禁断の質問です。ですがここは、心を鬼にして！

「太るからですわ、お母様。この栗《くり》は甘くて美味《おい》しいですが、食べすぎると太るのです」

カッチャーンッ……お母様が握《にぎ》っていたカトラリーが床に落ちてしまいました。分かります。太る……これほど貴族女性を打ちのめす言葉はなかなかありませんものね。たった二、三個しか食べられないなんて……とお思いなんでしょう……

「お母様、もしこれが昼食ならば、あと数個食べたところで太ることはないでしょう。ですが、今は夜ですわ。夜の甘味《かんみ》は太りやすいのです。ですから、おかわりなしですわ！」

お母様は少しだけ動揺したのか、わずかに指先が震えてます。

あら？　お母様の様子が……どうしたのかしら？　まるで一大決心したかのような表情です。

「エリーゼ、明日は祝宴《しゅくえん》が行《おこな》われます。支度《したく》のこともありますし、まともな食事は無理でしょう。ですから……明後日《あさって》の昼食は豪華にいきましょう！　昼食を食べたら領地に向けて出発よ！」

明日……祝宴《しゅくえん》。

明後日《あさって》……豪華ランチ終了後、領地へと出発。

スケジュール決定です。何も問題なしです。

「了解です、お母様！　明後日《あさって》はうんと美味《おい》しいデザートをたくさん食べましょう！」

「嫌なことの後は、ご褒美《ほうび》があって然《しか》るべきですからね！」

お母様、嫌なこととか言ったらダメです（笑）

まぁ、あのバカ王子にお祝い述《の》べるとか罰ゲームのようなものですけどね。

「もちろんですわ！　せっかく領地に帰れるんですもの、景気づけですわ！」

こうして、私はお母様と豪華ランチの約束をいたしました。

「では、お母様。明日のために今日はこれでお休みいたしますわ」

私は立ち上がり、お母様に挨拶《あいさつ》をします。

「ええエリーゼ、お休みなさい。明後日《あさって》の昼食を思えば、明日も笑顔で乗り切れるわ」

お母様ったら、容赦《ようしゃ》ない（笑）

軽い一礼をして退出すると、当然アニスが先を歩きます。明後日《あさって》、何にしようかなーなどと考えてるうちに自室に着きました。扉を開けてくれたアニスに一声かけておきます。

「ありがとうアニス。ここでいいわ、お休みなさい」

「では、失礼いたします。お休みなさいませ」

そう言ってアニスは、私が寝室《しんしつ》に入ったことを確認してから扉を閉めました。私はまっすぐベッドに進み、潜《もぐ》り込みます。

明日のために、寝とかないとね！　お休みなさい。グゥ……

祝いの日

いつも通りの朝を過ごし、家族全員で朝食をいただいた。

朝食の最中に、お母様から本日お触れが出されることや、祝宴《しゅくえん》が滞《とどこお》りなく行《おこな》われることが知らされた。

一足早い情報です。本来なら昼頃にお触れが出ますもんね。

さらに明日の昼食後には領地に向けて出発すると仰《おっしゃ》いました。お父様もお兄様たちもホッとした顔してます。分かります、私も早く領地に戻りたいです。

予定を聞いた執事《しつじ》が消えました。使用人に業務連絡をするのでしょうか？　皆戻りたがるだろうから、居残り組を決めるの大変そう（笑）

さて、私は自室にこもって準備に気合入れますか！

「では私、自室に戻って支度《したく》いたしますわ」

一言述《の》べてから、席を立ち食堂から出ていく。そこへアニスが大慌てでやってきた。

私たちが食堂で食事している間に、侍女や側近の人々は使用人用の休憩室《きゅうけいしつ》で食事を取っているのだ。

「遅れて申し訳ありません」

「いいえ、アニス。いつもより早く切り上げてもらって悪いわね」

歩きながら話をする。悪く思っているのは本当のことだ、この時間はただ食事をしているわけじゃないことくらい知っている。様々な情報交換や予定の打ち合わせを行《おこな》っていたりするのだ。

「湯浴《ゆあ》みをした後にマッサージをお願い」

「かしこまりました。エリーゼ様」

「きっとお母様もマッサージをなさるでしょうね」

「ええ、きっと！」

椿油《つばきあぶら》ができた日に、庭に残っていた秋バラの花びらを全て採取して、椿油《つばきあぶら》に漬けたのだ！　量としては少なめだけれど、ヘチマ水の後に顔や体に薄く伸ばすように塗《ぬ》ってもらうと肌の調子がよくなるのよ♪　お母様の喜びようはすごくて……本当にすごかったのです……いいえ、お母様だけじゃありませんでした。

アニスとエミリも喜んでました。マッサージをするのは、この二人ですから……手が！　手がしっとりツヤツヤ！　とか言ってました。

……自室につきました。ソファに深く座り、湯浴《ゆあ》みの準備ができるまで瞑想《めいそう》タイムです。心落ち着かせて～怒らないように～バカの言うことには反応しない～。楽しいことだけ考えて～♪　楽しいこと～♪　蜂蜜《はちみつ》たっぷりバタートースト食べたい～バターないけど～（泣）

「お待たせいたしました」

はい、湯浴《ゆあ》みターイム！　我が家では、浴槽《よくそう》が二個置いてあります。一個は洗い用、一個は浸《つ》かる用です。自力で洗わないときは洗い用の浴槽《よくそう》に浸《つ》かって、大人しく洗われます。

ちょっと前はヘチマがなくて布だったし洗剤ないしで、どうしてたかってーと塩です。湿《しめ》らせた塩を体につけて、布で軽く擦《こす》ってもらってました。優し～く優し～く擦《こす》ってたんですよ……でもね……

たまにゴシゴシ洗いたいんじゃん！　刺激が欲しいんだよ！

垢《あか》すり的なのとか、それこそ粗塩《あらじお》でザリザリ擦《こす》るとかされたいときがあるんだよ！

今はヘチマ束子《たわし》と洗剤でピカピカですけどね！

それと……銭湯とかないから、この世界の人は皆そうなのかは分からないけど……私

の体毛めちゃくちゃ薄い（笑）

ご都合主義万歳《ばんざい》！　脇《わき》も脛《すね》も腕に手足に顔の無駄毛もありません！　眉毛は細くて綺麗な形だし睫毛《まつげ》だけはバッサバサ！

あそこ？　あそこはなんていうか週刊誌のグラビアモデルさんみたいに整ってる……

カミソリ要《い》らないとか、素晴らしい！

浸《つ》かる用の浴槽《よくそう》にはローズマリーが一枝、浸《つ》かってます。あと、塩少々とヘチマ水が入ってます。入浴剤の代わりです。絶賛《ぜっさん》、洗濯され中です。気持ちいいです。

羞恥心《しゅうちしん》？　洗われたり、着付けたりされてるときは無心です！　気にしたら負けです。

私がボンヤリしてる間にドンドン進みます、頭も体も洗われて流されます。

「エリーゼ様、こちらにお浸《つ》かりくださいませ」

はい、浴槽《よくそう》チェンジで～す♪　ゆっくり浸《つ》かりタイムです！　ほんのり香るローズマリーはお気に入り！　あったまる～♪　新陳代謝《しんちんたいしゃ》速まれ～♪

浸《つ》かってる間に、髪の毛が風魔法で乾かされます。シットリしてるくらいで終了です。

十分は浸《つ》かったかな？　上がるか……って、ここの浴室は本当に広いね（笑）

猫脚《ねこあし》の浴槽《よくそう》二個、シャワーブースにツルツルの石でできた寝台（通称・石台）があります。石台は壁際と中央にあり、マッサージは中央の石台で行《おこな》われます。立ち上がり、マッハ……じゃなくて、真《ま》っ裸《ぱ》で乗っかります。

石台……温かかった……あ？　魔石がはめてある。そーゆー仕様なんだね。

マッサージ自体は前からあったけど、椿油《つばきあぶら》のおかげで色々変わりました。オイルマッサージって、気持ちいいね……眠たくなっちゃう。全身くまなく椿油《つばきあぶら》の香りが染み込み、ほんのりバラの香りもします。漬け込んだバラの香りが、スッゴい移ってますからね！

オイルのおかげで、肌はツヤツヤしてます。余分な油は、アニスが布でポンポンして吸い取ってくれてます。

「エリーゼ様、マッサージ終わりました。さぁ、ドレスを着ましょうね♪」

地獄《じごく》タイムの始まりだ……（主に私が地獄《じごく》を味わう……泣）。

ガウンを着て、衝立《ついたて》の中に入ります。ガウンを脱がされ、真《ま》っ裸《ぱ》でコルセットをつけられます。キュッキュッと背中のヒモが締め上げられていきます。

「エリーゼ様、息を吐いて！」

指示きたぁー！　息を吐いて……ガッと腰に軽い衝撃がきました。アニスが締め上げるために片足で腰を押さえてます……クソ……苦しい……靴《くつ》を脱いで素足で押さえてくれてるけど、スゲェな……容赦《ようしゃ》ないわ！

ギチギチに締め上げられ、ただでさえデカイ乳がアピール強めになりました！

「お疲れ様です。こちらに足をどうぞ」

もっこふんどし、装っ着っ！　さらにカボチャパンツを穿《は》きます。正式名称はこの際どうでもイイです。そして、クリノリン装着。こやつのボーンのおかげでカボチャパンツが必要なのだ。

……靴《くつ》が置かれました………なんかの魔物の骨と皮でできてます。

ただ、気になるのは接地面が金属です……武器も兼ねてるのでしょうか？　聞いたら負けそうな気がします。カタソウ……

部分部分を宝石やらリボンやらで可愛くしてますが、確実に攻撃力高めです。何気に七センチヒールとか……いや平気ですけども！

そっと履《は》くと、ジャストフィット！　ってオーダーメイドだから、当たり前でした(笑)

本日のドレスを着せられます。重そう………マジで…………

「クッ！　……アニス……今日のはすごいわね！」

総重量何キロよ！　夥《おびただ》しい刺繍《ししゅう》と縫《ぬ》いつけられた宝石の数々、初冬《しょとう》間近で布地も厚い！　まぁ、私の体力なら問題ないけど(笑)

普通のご令嬢なら、ダンスどころか歩くことすら困難な仕上がり！　なんと言っても、宝石の量がパない！

一応刺繍《ししゅう》のデザインに合わせて縫《ぬ》いつけられてるし、全体に施《ほどこ》されているから綺麗だけどすごい。

たとえるなら、単色の着物に同色の大ぶりの花柄模様が総刺繍《ししゅう》されていて、さらに花の縁取《ふちど》りに同色の石を縫《ぬ》いつけ露《つゆ》をイメージした無色の石で飾り立ててある。みたいな。ドレスの胸元は刺繍《ししゅう》されてなくて、宝石で花やらなんやらデザインされて、縫《ぬ》いつけてあります。

迫力あるわー（棒）

紫紺《しこん》色の豪奢《ごうしゃ》なドレスの金額は知りたくありません！

「さすがエリーゼ様！　とてもお似合いです！」

「ありがとう、アニス。アニスのおかげで美しい仕上がりだわ」

うん、マジでね。これでもか！　と乳がアピールしていますが縫《ぬ》いつけられた宝石が「金のない奴は近づくな！」と言わんばかりの迫力です。胸元は大きく開いてますが、ちゃんと袖《そで》はあります。

パコダ・スリーブが優美さを演出してくれてるけど……腰回りになんかすごい綺麗な毛で編まれたベルトみたいなのを緩《ゆる》く縛って、我が家の紋章をかたどった留め具（プラチナに見えます）で留めてありましてん。重さで垂れ下がって、素敵な位置です。毛の

素材が気になりますが、たぶん魔物でしょう。

ベルト的なやつの先っちょも、これまた留め具と同じ素材の房《ふさ》で飾られてます。

金持ちってすごいね！

よし、着付け終わった！　鏡台に移動だ！　鏡台の前の椅子に座り、鏡に映る自分を見る。

青銀色の髪はお父様似、青紫色の瞳はお母様似……

髪がストレートなのはお母様似、ちょっと猫目っぽいのもお母様似。でも、身長はお父様に似て高い。たぶん一七〇センチくらいあると思う。お母様は家族の中で一番背が低い。ちっちゃくて可愛い。

この色と猫目が、悪役っぽいのかなぁ……だから冷たく見えちゃうのかしら？

髪がハーフアップにされ、宝石のついた髪留めで留められ、さらにピンで飾られていく。

化粧水として、ヘチマ水とウルオ草《そう》とあとは内緒の素材を調合したものを顔から胸元へと塗《ぬ》ってもらいます。

これ一本で潤《うるお》いと保湿、乾燥からの保護もできるスグレモノです。でも、流通させてません。

材料少ないし、できたの最近なんで。使ってるのは私とお母様、あとは王妃殿下だけです。

ちなみにオイルマッサージも、この三人だけの秘密です。いや、侍女とかは知ってますがね（笑）

お化粧もこの世界ではまだなくって、皆スッピンです。しなくても綺麗なんで、発達しなかったのかも。うぶ毛はあるけど無駄毛はないよ！　の世界だし。

他にも色々理由があるかもしれないけど、化粧品……見たことない。

スッピンなのに、鏡に映る私の唇は綺麗なチェリーピンクで口紅の必要性を感じない。

でも、椿油《つばきあぶら》を軽く塗《ぬ》ってもらう。ツヤツヤと輝いて、綺麗さが増した気がする。

首に大ぶりなチョーカータイプの首飾りがつけられ、耳にも同デザインのピアスがつけられる。

華奢《きゃしゃ》なブレスレットを両手につけられ、特殊効果が付与された指輪をはめられる。

最後に軽く爪を磨《みが》かれ、終了だ。…………すでに昼過ぎです。

え？　お腹？　空くわけないじゃない！　コルセットで締め上げてあるから、胃もまともに動きませんよ！　紅茶の一口が限界です！　アニスってば気合い、入りすぎ（笑）

「アニス、サロンに行きましょうか」

たぶん、皆いる（笑）

時間潰《つぶ》しに集まってるはず！

「はい。では、こちらのマントはお持ちいたしますね」

ドレスと一緒に誂《あつら》えた、同色のマント。冷えてくる時間帯だからね、大事！　レッツ、サロン♪　ドレスが重いけど、ヘッチャラ♪

家族全員で過ごしていれば、少しは気分も楽になるかな～。フンフン♪　と鼻歌交《ま》じりにサロンに向かう。階段を下りたところで、ふと立ち止まる。

そうだ、帰ったら夜食よろしくラーメン風パスタ食べよう。

今はコルセットのせいで到底《とうてい》食事ができる状態じゃないけど、人間だものお腹は空くわ。

そうと決まればチョイと寄り道！

「アニス、少し厨房《ちゅうぼう》に寄ります」

「はい」

アニスはイヤな顔をせずに、笑顔で返事をしてくれる。ええ子や……

厨房《ちゅうぼう》の近くに行くと、使用人が気付いて呼んでくれたようで料理長が飛び出してきた。

最近、私が色々やらかしてるからだろうか……まぁ、いいんですけど（笑）

「お嬢！　何か？」

「ええ、今日王宮から帰ったら何か食事をと思ったのだけど」

コクコクと頷《うなず》きながら、ニンマリと笑う料理長。

「何か食べたいものがあるんですね？」

分かってるぅ！

「ラーメン風パスタよ。一番濃いガラの実のやつ！　しょうの実の選択は任せるわ。ボアの煮たのをたっぷり載せて、野菜も炒《いた》めたのを載せてちょうだい」

豚もいるけど、なぜかボアの方が味がいいのよね。オークも美味《おい》しいけど、見た目がアレだから気持ち的にボア（笑）

「承知いたしやしたお嬢！　デザートはさっぱりした甘味《かんみ》を用意いたしやす」

もはや、料理長の話し口調は崩れっぱだが慣れた！（笑）

「よろしく！」

食事のメニューがたくさん増えて、料理長は楽しそうだ。パスタもど定番からラーメン風まで、様々なレパートリーができて料理長のレシピ帳は分厚《ぶあつ》くなったらしい。

でもね……料理長、いつか乳製品を手に入れたら今の倍は増えるわよ！　たぶん！

「フフフ……さて、アニス。サロンに参りましょう」

ニコリと頷《うなず》きついてくるアニス。

王宮かぁ……ハァ……貴族連中に何か言われちゃうのかなぁ？　面倒くさいなぁ……暇《ひま》だし刺激がないから噂《うわさ》くらいしか娯楽《ごらく》がないんだよね……いや、一部腐った娯楽《ごらく》に耽《ふけ》っている貴族連中がいるのは知ってるけどね。

やることたくさんあるだろうに、色欲に耽《ふけ》っちゃうってどうよ？　仕事した後のご褒美《ほうび》的な感じなら、許せるけどさぁ……仕事もろくにしなくて耽《ふけ》っちゃうから…………だから、お前んとこの領地いつまで経っても貧乏なんだよ！　働けぇ！

ハッ……やだわ、ついエキサイトしちゃった。ネガティブになりかかったところでサロンについた。気持ち、切り替えようっと♪

噂《うわさ》になるほど遊んでるから、どんどんダメになるんだろうがぁ！

サロンに入ると、家族全員揃《そろ》ってました。ゆったりと座って歓談《かんだん》……してませんでした。お父様とお母様は何か小声で話してて、キャスバルお兄様が相槌《あいづち》を打ってます。トールお兄様だけが、分厚《ぶあつ》い本を見てます。なんでしょう？　気になります。

とりあえず寝椅子に腰かけ、トールお兄様を見つめる。

「私が一番支度《したく》に時間がかかってしまいましたか……」

「エリーゼ、気にすることないよ。まだ時間に余裕があるからね」

トールお兄様、優し～い。

「なんの本をご覧になってらっしゃるの？」

何？　なんの本なの？　気になる～ワクテカ♪

「あぁ、最新版の魔物図鑑《ずかん》だよ。ようやく手に入ったからね」

最新版の魔物図鑑《ずかん》？　………最・新・版！　何ソレ！　やだ、見たい！

「トールお兄様、私も見てみたいですわ！　どんな魔物が載っているのかしら？」

「じゃあ、一緒に見ようか」

本を閉じ私の隣に来ると、「失礼」と言いながら腰を下ろす。

紳士や～お兄様、妹にもそんなん言っちゃうんや～。でも照れ照れするのは内心で！

表面は微笑《ほほえ》んで頷《うなず》いてっと。

ふふっ、こんな風に兄妹《きょうだい》で本を見るなんて……実は憧《あこが》れてました！　前世一人っ子でしたから！

「続きからでもいいかい？」

「もちろんですわ」

本をバサリと開いて真剣に見入るトールお兄様、カッコイイです！

魔物かぁ。どんなのがい…………る…………？

思わず凝視《ぎょうし》しました。図鑑《ずかん》なのでもちろん絵が描いてあります。そこには、丸々とした背中に大きな縞《しま》模様のある動物が描かれてました。尻尾《しっぽ》にも毛が生えていて、やはり縞《しま》模様っぽいです。可愛らしいわぁ、なんていうのかしら？

—雷《かみなり》ネズミ—

主に山岳地帯に生息している。

成獣の大きさは三十～五十センチほど。

雷《かみなり》系の攻撃魔法を繰《く》り出す。

体毛は黄色に近い金色で縞《しま》模様は茶色。

鳴き声は主にピ◯チュウ。

バッカーーーーーーーーーーーーー！　ピカ◯ュウとか！　なんなの！　まんまじゃない！　どうなってんのよ！

パラリ、トールお兄様が本をめくり……あれ？　なんか見たことある……ポケじゃなくて、モンハ…………まて！　どうなってる！

詳細は不明。

雷《かみなり》系の魔法を使っていたため、雷土竜《らいどりゅう》と名付けられた。

目撃情報では土竜《どりゅう》と同じように大きい。

主に洞窟《どうくつ》に生息している。

―雷土竜《らいどりゅう》―

知ってる！　私、これ知ってるー！　ギギなんとかってやつ！　ゲーム好きな伯母《おば》さんと一緒にやってた！　懐かしーい♪　いや、懐かしいとか言ってる場合じゃない…………

この世界、定番の魔物だけじゃなくてポケ〇ンとかモン〇ンとかのモンスターも紛《まぎ》れ込んでるってこと？

バササッ。トールお兄様がページを飛ばし始めました。飽《あ》きたのでしょうか？

「これ、どう思う？」

トールお兄様の質問に図鑑《ずかん》のページを凝視《ぎょうし》します。なんということでしょう、そこには上半身裸《はだか》（しかも爆乳）で下半身がなんか動物的な女性が描かれてました。尻尾《しっぽ》もあります。………どうなっとるんじゃいーーー！

サテュロス（雌《めす》）って……まさかの18禁系モンスターまで出てきました。モン娘ですか……どうなってるのよ……。というか、どんなつもりで聞きましたん？　お・兄・様！

返答次第では鉄拳《てっけん》制裁ですよ！

「どう？　とは、どういう意味でしょう？」

さぁさぁ！　トールお兄様、どんなつもりですの？

「前に牛乳がどうとか言ってただろう？　だからさ」

牛乳？　って……ん？


―サテュロス（雌《めす》）―

山岳地帯に目撃情報あり。

雄《おす》と違い、性質は大人しい。

濃厚な乳を出し、時折《ときおり》村に現れ乳を固めたようなものと物品を交換することがある。


…………!?　乳を固めたようなものって、チ……チ……チーズかぁっ！

「これは、素晴らしい魔物ですね……でも、どうすれば……」

「うん？」

「え？」

なぜにキョトン顔なのです？　トールお兄様。私もキョトンとしてしまいましたよ。

「エリーゼ、何言ってるの？」

「え？　どうすれば、このサテュロスから乳をもらえるかと思ったのですけど」

乳は欲しいが、どうすればいいのか分からなかったのに……

「エリーゼ、テイムしたらいいんじゃないか？」

何言ってるのよ、トールお兄様！　そんなことできるわけがないでしょう！　もうっ！

「トールお兄様、軽々しく仰《おっしゃ》らないで。テイムなんて、私にできるわけがないでしょう」

私の言葉にカッと目を大きく見開いたトールお兄様。その視線が痛いです。

「エリーゼ……ユキのこと、忘れてるのかい？」

はて？

記憶を引っ張り出して、ああと納得します。

「覚えていますわ。領地の邸《やしき》でお留守番している私の大きくて真っ白なわんちゃんですわ！」

トールお兄様が右手で顔を覆《おお》ってしまいました。

アチャーって感じですか？　なんですの？

「エリーゼ、ユキは犬じゃない。雪狼《ゆきおおかみ》っていう魔物だよ。エリーゼがテイムしたから、我が家にいるんだよ」

ガーーーーン！　わんちゃんじゃなくて、狼《おおかみ》……しかも魔物。

そうですか、分かりました。テイムします。

必ずゲットだぜ！　サテュロス（雌《めす》）ゲットだぜ！

チーズができるなら、バターだってできる気がする！　牛よりも濃厚な乳ならば、生クリームだって余裕でイケそうな気がする！

よっしゃ！　領地に帰る気持ちがますます、盛り上がって参りました！　今日の憂鬱《ゆううつ》な夜会も、乗り切れる気がしてきた！　頑張ろう！

「乳を必ず手に入れる！　我が名をかけて！」

ふぅ……ちょっと落ち着こう。ついつい興奮して、大きめに声を出してしまったわ。

ソッと家族の様子を窺《うかが》ったら、クスクスと笑ってました。

「エリーゼ、そんなに乳が欲しかったの？　お母様、ちっとも知らなかったわ」

うーん……悩むけど、ここは本心を言っとこ！

「はい。乳があると料理の種類が増えますし、何よりも菓子類のさらなる発展には乳を加工したものが大事なのです！」

シーン。

え？　何この静けさ？　家族全員だけじゃなくて、パーラーメイドと執事《しつじ》まで動きが止まってる。ちょっとちょっと、どうしちゃったのよ？

「ほ……本当なの……？　エリーゼ……本当にお菓子の種類が増えるの……？」

ガタンと椅子を鳴らし、お母様が立ち上がる。滅多《めった》に狼狽《うろた》えないお母様が声を震わせ、私を凝視《ぎょうし》して聞いてきました。どんだけショックなの？

だが、ここで宣言しよう！　私のために！　お母様のために！

「はい！　わずか数種類の加工品を用いることで、その世界は大きく広がり私たちに至福を与えてくれるでしょう！　ですから、私はこのサテュロス（雌《めす》）をテイムしようと思ってます」

力強く拳《こぶし》を握《にぎ》り、力説《りきせつ》してしまいました。

お母様は天を仰《あお》ぎ大きく息を吐くと、両手を胸の前で組み瞼《まぶた》を閉じました。

「あぁ……今より広がるお菓子の世界……私の娘は伝説を残すのですね……」

お母様ぁ！　言いすぎですぅ！

「素晴らしい……今日という日が、私の娘エリーゼがお菓子の世界を広げ栄《さか》えさせると宣言した喜ばしい日だと後世に伝えましょう」

待ってぇ！　お母様ぁ！　何言ってるのぉ！　今日は第三王子の婚姻《こんいん》式が成立したお祝いの日ですよ！　何、「クリスマスはケーキの日！」みたいなこと仰《おっしゃ》ってるの！　誰かお母様を注意してぇ！

「さすがフェリシア！　なんと素晴らしいことを言うのだ！　是非《ぜひ》とも我が領に今日という日のことを広めよう！」

お父様ぁ!!　増長《ぞうちょう》させないでぇ！

パチパチパチパチ!!

お兄様たちも拍手とかやめてぇ！

パチパチパチパチ！　パチパチパチパチパチ！

うん？　違うとこから音が……あぁぁっ！　執事《しつじ》とパーラーメイドまで拍手してるぅ！

そして、止める人が誰もいなくなった……

パンパンッ。

お母様が手を叩いて、制止してくださいました。恥ずかしくて死ねるわ……

「本当に今日は素晴らしい日ですわ。この明るい未来を胸に王宮へ向かいましょうか。エリーゼの婚約破棄《はき》は貴族の噂《うわさ》の的《まと》。早々に挨拶《あいさつ》を済ませて、帰ってきましょう。よろしいですね」

お母様の言葉に家族全員、頷《うなず》き合った。もう、いい時間のようです。

ふぅ……それにしても、どんだけ皆お菓子に夢中なのよ…………いや、夢中にもなるか。甘いものが圧倒的に少なかったからなぁ。

ああ、夢が広がるわ。生クリームとバターとチーズ……うふふふ……カルボナーラやクリームシチューも作れちゃうなぁ、嬉しいなぁ……

こうなると重曹《じゅうそう》が欲しくなるな……別名炭酸《たんさん》なんとかってやつだけど……よく分からないんだよね……どっかに炭酸泉《たんさんせん》とかあれば使えるかもしれないけど……うーん……

「エリーゼ、そろそろ王宮へ行きますよ。さっさと行ってお祝い言ってさっさと帰ってくるのです。そして明日は絶対に領地へ出発よ！　お母様、エリーゼの作るお菓子が大好きなの」

うわぁ……本音漏れてますよー（棒）

いっちょ釘《くぎ》刺しとこ！

「お母様、大好きなのは嬉しいのですが、そんなに簡単にサテュロス（雌《めす》）をテイムできるとは思えないのですが」

どうだっ！

あ……アカン……お母様の笑顔が崩れない。

「分かっていてよ、エリーゼ。それでもお母様はエリーゼの作るお菓子が好き。いつでも誰かの喜ぶ顔のために、美味《おい》しいお菓子を考えて作ってくれるエリーゼが本当に誇《ほこ》らしくて嬉しい。エリーゼがあの王子のもとに輿入《こしい》れしなくてよかったわ」

お母様ぁぁぁぁぁ!!　最後の一言が本音すぎますぅ！

でもでも、褒《ほ》められて嬉しいですっ！

「フフッ、さぁ行きましょう。きっと王宮に入る道では他の貴族たちが順番待ちしてるわよ」

えーーー！　じゃあ、もう少し早く出ればよかったのにぃ。

「そうなのですか……？」

私の問いにお母様は悪戯《いたずら》っ子のような笑みを浮かべた。

「コネ作りに必死な下位貴族たちは、早くに入って上位貴族を待ち構えるのよ。そのせいで順番待ちさせられる側は、たまったものではないのだけどね。仕方ないわ」

なるほど、ゴマすりのターゲットにいち早く近づくために先に着いておこうってことかぁ……分かるけど……いい迷惑！

お母様と一緒にサロンから出て、正面玄関へと向かう。

エントランスホールでは、専属の側近や侍女が先に待機していた。それぞれの主《あるじ》が出かけるための最後の準備をするのだ。

私のもとにはアニスが、お母様のもとにはエミリが近寄ってきた。側近や侍女は王宮までついてくるため、お仕着せをそれ用のものに替えている。私たちがサロンで時間潰《つぶ》しをしていたのは、その準備をさせるためでもある。

彼ら・彼女たちはそれぞれの主《あるじ》にマントを羽織《はお》らせ、留め具で留めていく。

我が家の紋章をかたどった金細工と宝石でできた留め具は高価なものだが、ぱっと見ただけで誰にでも分かる身分証明みたいなものだ。もっとも宝石だけは、作る際に自分好みのものをチョイスするので色違いでちょっと見応《みごた》えがあるのだけれど。


後からお父様たちもやってきて、全員防寒具《ぼうかんぐ》を身につけました。ドアマンが扉を開いてくれます。家族全員と側近たちと侍女たちが男女で分かれました。夕刻ですが、大分《だいぶ》寒くなってきてます。

黒塗《ぬ》りで四頭立ての大きい馬車が停まってます。

これはお父様の馬車で、今日はお父様とお兄様たちと側近の計六人が乗ります。

その後ろに白塗《ぬ》りで四頭立ての馬車が停まってます。こちらはお母様の馬車です、同じくらい大きい馬車で四人が座っても余裕です。

馬車の後ろに護衛がついてます、はい！　例の犬共です！

十二人が馬に騎乗してます。こうして見ると格好いいんですけどね……所詮《しょせん》、ふんどし集団（どＭ）なんですよね……

あー王宮に行くのダルい……バカだから、ドヤ顔で待ち構えてんだろーなー（笑）

なんたってバカ王子だからなー。

私自身は引きこもってるけど、侍女とか料理人は出かけたり、出入りの商人とかと話したりしてるんだよ。おかげでちょっとした情報通ですよ。

平民はもとより、商人とかにも嫌われてんぞ、ジークフリート殿下。マリアンヌ嬢に関して言えばちょっとした悪女扱いだし。二人揃《そろ》って悪口言われてますよ、評判悪いですね（笑）

おっと、お父様たちが乗り終えたので馬車がちょっと動きました。今度は私たちが乗るのです！　お母様に続いてエミリが乗ったので私も乗ります。最後にアニスが乗ると、従者が扉を閉めてくれます。

車と違って乗り降りするだけでも時間がかかる。
面倒くさいと思う瞬間もあるけど、それは仕方ない。貴族だから待ってれば済むこと
だけど平民なら歩きなわけだしね。
ゆっくりと馬車が動き出して……キタコレ馬車の振動……アスファルト舗装《ほそう》の道路な
ら、大して苦にならないだろう振動もデッコボコの石畳《いしだたみ》だとダイレクトです。車輪も木
ですからね……ウチの馬車、かなり座面をフカフカにしてますけど振動は来ます。
サスとか開発しよっかなー、馬車でのお出かけツライわー（棒）
…………って、お出かけどころじゃねぇ！　領地に帰る際も馬車旅じゃん！　何日間
も馬車に揺られるんじゃん！　おケツ痛んじゃう！
やだ！　馬車旅でおケツぶっ壊れるとか、ありえない！　…………いや、ありえーる
か……今までどうしてたんだろう……よーく考えよー♪　違う、思い出してみよう！
……………魔法で浮いてた…………エリーゼ、天才じゃーん！　ホンのちょっと浮くの
がミソなんだね！　レッツトライ！　一センチだけ浮いてみよう！
受け！　違う！　浮け、一センチ浮け！　私！
……ほわん……
浮きました！　成功です！　すばら！　これで、明日っからの馬車旅も安心です！

現在一センチだけ浮いてるエリーゼですっ！　座面との距離が保たれてるのか、明らかにガタンゴトンしててもお尻に当たりません。

ただ、目の前のお母様のお顔が不穏な感じです。エミリもちょっと不思議そうな顔をしてます。バレたかしら？　ドキドキしちゃう………

「エリーゼ……こんな風に同じ馬車に乗るのは久しぶりだけど、どうしてそんなに涼しい顔をしてられるのかしら？　ねぇ、お母様にそのコツを教えてくれない？」

ヒィッ！　お母様の笑顔がめちゃくちゃ怖いことにっ！

ど……ど、どうしよう……タスケテー誰かー！

「今まで何回か聞いたけど、エリーゼったら分からないの一点張りなんですもの。ねぇ……お母様に教えてちょうだい」

にっ……逃げられないっ……

「お母様、コツはちょっとだけ浮くことですわ」

その言葉にお母様とエミリがびっくりしてます。

「浮く……ですって？　エリーゼ、本当にそんなことができるの？」

あれ？　なんで、固まってるのかなー？

「エリーゼ……浮く魔法なんてないのよ。私も浮きたいと思ってはいるのだけど、どうにも上手くいかないのよ」

驚愕《きょうがく》の真実！　マジですかー、浮く魔法はないんですかー。

「なぜですか？」

「分からないわ。蝶々《ちょうちょう》のようにフワフワと浮いてみたいと思って風魔法を使ったのだけど、到底《とうてい》浮くことなんてできなかったわ。……木にぶつかって怪我をしただけよ」

マジか、お母様！　ヤンチャやん！

いや、待てよ……木にぶつかったってことは、下から上に移動したか、前後か横に移動したってこと？

「お母様、それはどんな風に動いたのですか？」

お母様とエミリが顔を見合わせてから、私を見ます。二人はコクリと頷《うなず》きました。

「下から上によ。森の中でフワフワと浮いていた蝶々《ちょうちょう》のそばで、風魔法を使ったの。強い風で上に飛び上がったら木にぶつかったのよ。もっともそのおかげで高い塔《とう》に上がるのも簡単になったのだけれど」

お母様、一言余計《よけい》です。

一方向からの強い風で、飛び上がったってことだよね？　そうじゃないんだよなー。

うーん……なんだっけ……対流だったかなー？

「お母様、風魔法なのですけど、こう……あぁ……エミリ、ちょっと手を貸してちょうだい」

そう言ってエミリに手を出してもらう。

「この手を対象物として、風魔法を下から上にまっすぐ上げるんじゃなくて。下から上に吹かせた風を下に回してく感じで……」

説明と共に小さな風魔法が発生してるのを感じてか、エミリがウンウンと頷《うなず》いている。

私は両方の人差し指を使って、風の動きを真似てみる。

「こう、クルクルっと風が回るようにすると浮くと思うのですけど……」

顎《あご》に指を添えて、考えてるお母様が素敵です！　じゃなくて……違うのかな？　それとも説明不足？　どうすれバインダー！

「分かりましたわ！　エリーゼ様！　浮きました！」

まさかのエミリが浮きました。

「お尻の下で風魔法を小さく回るように発動させましたら、浮きました！　これはすごいですね、さっそく大婆《おおばば》様に教えて里に広めましょう！」

えっ⁉　ちょっ……お母様がガーンって顔してる！

レア！　レアですよ！

「回す風の大きさで高さが変わるのですね。ちょっと浮くだけなら、小さくて済むのでいいですね」

エミリ……頭いいな………チャレンジ精神もあるし、スペック高いなー。

いや、お母様のスペックはもっと高いし、すごすぎて何も言えないけど……

「エミリ……ズルイわよー！　もうっ！」

お母様が可愛いっ！　どうしよう！　エミリの前だと、こんな感じなのっ？

「フェリシア様、こう……こんな感じでお尻の下で……大きさも、これくらいで」

エミリがお母様に身振り手振りで説明してる。フンフンと聞いてるお母様。本当に小さい頃から一緒にいたんだ……

私とアニスも、こんな感じだし……そういや、アニスの方は………………浮いてるっ？

「できてますよ！」

小っさい声で言いやがりましたよ！　さすがアニス！　と言うべきなのか……

「できたわっ！　浮いたわよっ！」

めっちゃテンションアゲアゲで仰《おっしゃ》いましたがな（笑）

嬉しそうだなー、お母様。

―ガタンッ―

ん？　馬車が止まった？

「フェリシア様、どうやら道が混んでいるようですね。今回は皆様いつもより早くに出られたようで」

「そうね、予想より早かったわね」

渋滞《じゅうたい》です。馬車渋滞《じゅうたい》です。こっからノロノロペースです。お母様とエミリの仲よさげな会話にほのぼのしてます。

「ん〜？　う〜ん？　………あら？　あらあら？　まぁ……ふふっ」

お母様がおかしくなってる？

「フェリシア様、何をしておいでなのですか？」

エミリのツッコミ。本当、何やってるのかしら？　お母様ったら。

「あ〜〜い〜わ〜♪　…………ほら、浮くために空気の球を回してるでしょう。これ、ちょっと力入れると気持ちいいじゃない？　だから、足の周りにも空気の球を作ってて当ててみたのよ〜」

マッサージ！　エアボールマッサージ！　すごい！　私もトライ！

「おおぉぉぉぉぉ、キタコレ～～～～」

やだー思わず出ちゃった～。でも、気持ちいいわ……アニスにしてもらうのとはまた違う気持ちよさ。

なるほど、使い方は使う人の考え方で変わるのかぁ……

「エリーゼ様、今の言葉遣いはないと思います」

「あぁ、アニス……今のは下品でしたね。気を付けるわ」

アニスのツッコミは当たり前。貴族令嬢としては、ありえない。アニスは私の言葉を聞いて、微笑《ほほえ》んで頷《うなず》いた。

「はい。私の敬愛するエリーゼ様が、あのような言い方をなさるのはありえません」

……アニスはいつまでもそばに置くことになる専属侍女だ。たとえ私がどこかの誰かに嫁《とつ》いでも常に一緒にいてくれる。乳姉妹であり護衛でもある、大切な存在だ。

私も微笑《ほほえ》んで頷《うなず》く。

「ありがとう、アニス。でも……こんなに厳しい言葉は久々に聞いた気がするわ」

「はい。久々に言いました」

いつものように、小さく笑い合う。私たちのやり取りを聞いていたお母様とエミリも、クスクスと笑う。

止まったり進んだりを繰《く》り返す馬車の中で、私たちはゆったりと過ごしていた。

それにしても、今日はちょっと早めに出てきたのに渋滞《じゅうたい》とか……

「なんでかしら……」

―コンコン―

馬車の小窓が叩かれた。

「なんでございましょう？」

笑みを消したエミリがカーテンをずらして外を確認した。

小窓の外には犬筆頭《ひっとう》……じゃなかった、侯爵家の私兵であるエリックがいた。

エミリは素早く小窓を開けると「何か？」と小声で問う。エリックはさらに馬を寄せ、軽く一礼すると、

「帝国からどなたか祝賀《しゅくが》訪問にいらしているとのことです。いち早く情報を掴《つか》んだ貴族たちが我先にと押し寄せたため、常とは違う事態になったのだと……」

エミリだけじゃない、お母様もアニスも厳しい表情を浮かべた。

「誰だか聞きましたか？」

エミリの問いにエリックはフルフルと首を振り、困ったような顔をした。

「申し訳ありません。どなたかは……ただ、若い皇子であるとしか……」

エリックの言葉にエミリは振り返り、お母様と視線を交わした。

お母様は表情を緩《ゆる》めて、エリックに言う。

「分かりました。恐らく皇太子殿下のご子息あたりが参られたのでしょう。旦那《だんな》様にこのことは？」

「先にご報告いたしました」

「よろしい。では戻ってちょうだい」

お母様とエリックの短いやり取りが済むと、エミリは軽く頷《うなず》いて小窓を閉めた。カーテンも閉められて外が見えなくなる。

「事前に情報がなかったということは、皇太子殿下のご長男様ではないということでしょうか？」

エミリがお母様に聞くと、お母様は扇子《せんす》を顎《あご》に当てて思案した。

「……皇太子殿下のご長男ならば、必ず報告が上がってくるわ。……恐らくその弟君で三男以下の方でしょう」

皇太子の子供でも次男より下だから、扱いは軽い。

万が一のスペアは二人キープしてるから、多少は自由にしていいよ！　ってことでその下の皇子が来てるのか……

「若い皇族に年頃の娘を持つ貴族が色めき立ちましたか……」

お母様の言葉にがっかりした顔のエミリ。そんなにがっかりしなくても……

「それにしても、単独でいらしたのかしら……」

ん？　単独？　なぜに、その考え？

「かもしれませんね。普通は馬車数台に護衛騎士などもそれなりの数が要《い》りますから、帝国からの情報だけでなくシュバルツバルト家の方からも報告があるはずです」

確かに！　帝国と安全に行き来できるのは、ウチの街道しかないからね！

………え？　待って………皇子様が単独で？　護衛の一人もつけずに？　もし、それが事実ならなかなかの胆力《たんりょく》だわ。まぁ……痺《しび》れもしないし憧《あこが》れもしないけどね！

微妙な情報を聞いたからって、馬車が進むわけでなし。色々あるよねー帝国って。

「それにしても、お一人でいらっしゃるなんてどんな方なのかしら？」

ん？　お母様とエミリがニヤつき始めましたよ？　なんですか？

「まぁ！　まぁまぁまぁ！　エリーゼったら気になるの？　気になるのね！」

「フェリシア様、殿方に対して素《そ》っ気《け》ないエリーゼ様が興味を示されましたよ！」

ちょっと待って！　今、聞き捨てならないことを聞いたわ！

サラッとディスったでしょ！

「お母様もエミリも、何言ってるの？」

トーンが落ちます。私だけでなく、お母様とエミリもつられて落ちます。

「そんなに……私、素っ気《そけ》ないでしょうか……」

素っ気《そけ》なくなんて、してませんでした。でも、そんな風に見えてたってことデスヨネー。

「ごめんね、エリーゼ。ほら、殿下とのこともあんまり気にしてなかったし……今まで貴女の口から男性のことを聞いたことなかったから、つい浮かれちゃったわ」

……………言ったこと……………ないわ。以前のエリーゼも言ってない。

そりゃあ浮かれるか………

殿下……殿下は無理だなー、だってちょっと好きになれないタイプだもの。いちいち褒《ほ》めて持ち上げないと不機嫌になるし、頭悪い癖《くせ》に勉強は大嫌いでそこをちょっとでも突くと癇癪《かんしゃく》起こすか逃走する始末。

我が儘《まま》いっぱいの小っちゃい子がそのまま大きくなったような男のどこが格好いいと？　あんなに人気も将来性もない殿下と婚姻《こんいん》とか、正直同情されまくりだったんですけど！　若干名《じゃっかんめい》以外にはですけど！

……………まぁ、立場上、殿下の悪口は言えない方たちだったのよね…………側妃《そくひ》候補の彼女たち、どうなったのかな？　殿下ったら夢見る乙女みたいなことよく言ってたけど、側妃《そくひ》はとらされちゃうはずだしな……

なんだっけ……？　ど定番の真実の愛！　って言ったかなー？　殿下のこと好きでもなんでもないから記憶にあるようなないような？　本当にどうでもいいから、覚えてないし覚える気もないや（笑）

大事なのは殿下とか殿下の嫁じゃない、家族と領地とサテュロス（雌《めす》）だ！

おっぱい！　じゃない！　乳をはよ！　乳をはよ手に入れな！　とりあえずはミルク！　そしてバター！　生クリーム！　チーズ！　夢と希望と食欲を満たすのだー！

問題は捕獲《ほかく》に行くメンバーだけど……どうしよう……ドキッ！　男だらけのなんとか大会！　になりそう。

お兄様のどちらかがついてきちゃうんだろうなぁ……夜中にテントのそばとか、うっかり近寄っちゃうかも……側近とのイチャラブタイムとか、見るのは無理でも聞いてみたい！

だって…………だって、声とかいいんですもの！　イケメンで声もいいとか無敵じゃん！　どっちのお兄様でも構わない！　甘ーいセリフ聞いて、キャーッ♥　って言

いたい！　娯楽《ごらく》が少ないって、罪だわー（笑）

「エリーゼ、何を考えてるの？　そんなにニコニコして、やっぱり帝国皇子のことかしら？」

「違います。サテュロス（雌《めす》）のことです。早く領地に帰って捕まえたいです」

即答しちゃった（笑）

お母様ったら、よっぽどくっつけたいのかしら？　男割もとい、お断りなんですけど！

「そうよね！　お母様も楽しみだわ。ねぇ、エリーゼ……お母様たっくさん、美味《おい》しいものが食べたいわ！」

「分かりますわ、お母様。今、空腹ですからね。考えただけで、お腹が鳴りそうです」

お母様もエミリもアニスもちょっとだけ不満顔です。

王宮主催《しゅさい》の夜会は見栄の張り合いで、いかに腰を細く見せるか！　とかドレスや装飾品にお金をかけて流行に乗る！　とか色々大変なのだ。なので私だけでなく、お母様も当然食事抜きでコルセットで絞《しぼ》り込んで細いウエストがいつもより細くなっている。専属侍女のエミリとアニスも食事抜き。主《あるじ》の私たちが食事をしないので彼女たちもしないのです。

もっとも私たちが夜会に出てる間は休憩《きゅうけい》なので、軽くお茶や軽食を口にできる……が、するかなぁ？　今日は夜会から帰ったら、醤油《しょうゆ》牛骨スープのトロトロ極厚チャーシューマシマシラーメン風パスタが待ってるからなぁ……

炊いた麦を炒《いた》めたなんちゃってチャーハンと、タレなしで食べるギョーザも食べたい……分かってる……カロリーモンスターやぞ！　と頭の隅《すみ》で叫んでる……

でも、無理！　まともにごはん食べてないから食欲が止まらない！　コッテリガッツリ食べたいの！　食後にリンゴのシャーベットも食べるの！

クギギギギ……今のは私のお腹の音！　変なところがお父様に似た！

考えたら負けだ！　考えたら鳴り続けてしまう！　耐えろ！　耐えるんだ私！

もし、この場にお父様がいたら、お父様も釣られて盛大にクギュウ！　って鳴らしちゃう！

ある意味、いなくて助かった！

「フフッ……エリーゼは旦那《だんな》様に似たのね」

お母様っ！　やめて、エリーゼのライフはゼロよっ！

「エリーゼ様、今……邸《やしき》に帰ったら何食べようかとお考えになったでしょう」

アニスのツッコミが当たっててツライ！

「そうよ……」

「なるほど、空腹に負けましたか」

アニス……正解。さすが私の専属侍女……よく分かってらっしゃる……

「ええ……」

敗北を認める……だが、お前も道連れじゃあ！

「醤油《しょうゆ》牛骨スープのトロトロ極厚チャーシューマシマシラーメン風パスタを料理長に頼んでおいたの」

グウウウ～。

クゥ～。

ググウウウッ。

あれっ？　今、三つ音がした？

三人から睨《にら》まれました。道連れにしたアニスだけでなく、お母様たちも巻き添えにしました。泣きそうです……

ううぅ……気まずいよぅ…………軽い気持ちで言ったことがお母様たちの食欲に火をつけてしまうなんて……早く……早く着いてぇ！　着けばちゃちゃっと挨拶《あいさつ》して帰れるからぁ！

―ガタンッ―

―カチャンッ―

着いたー！　神様ありがとう！　いるかどうか分からないけど、ありがとう！

扉が開けられ王宮の下男が降りるための階段を用意する。

馬車に取り付けられてる階段を引き出し、組み立ててるとようやく降りられるのだけど、まずはエミリとお母様が降りてからアニスと私も降りていく。

長かった……マジで……さぁ、気合入れて行くぞ！

少し冷えた風が頬《ほお》を撫《な》でる。高台にある王宮は少しだけ気温が低く感じられる。

決してお母様の視線のせいとかじゃないんだからね！

「ああ、フェリシア♥　今日は思ったより時間がかかったな。帝国の皇子が来てるらしいが知っていたか？」

先に降りたお父様がお母様に近寄り、手を取りながら質問した。

お母様はいつものように微笑《ほほえ》むと、お父様の手をキュッと握《にぎ》り、緩《ゆる》く首を横に振る。

「いいえ。馬車の中で聞きました。恐らく順位の低い皇子でしょう。でなければ何か報《しら》せが来たはずです」

「そうか……では、あまり気にする必要はないか」

お父様の決断早ーい、決断力のある男ってステキー（棒）

「旦那《だんな》様、気にしてくださいませ。エリーゼが少々興味を持っているようですから」

ギャーッ！　お母様、何言ってますのー！　変なフラグ立てるのやめてー！

「なん……だと……本当か、エリーゼ？」

お父様がショック受けてます。ここはいっちょ、本当のことを言っておこう！

「全く興味はありません。特に重要な方じゃないなら、お気になさらないでください」

よしっ！　言い切った！

お父様、安心してください！　娘はまだまだ脛《すね》をかじる気満々ですよ！

「エリーゼったら、なんでそんなつまらないこと言うの？」

ちょっとだけ拗《す》ねてみせるお母様……可愛いですっ！　でも、これ以上はノーサンキューですわ。

「父上も母上も中に入りましょう」

キャスバルお兄様が降車場からの移動をすすめてくる。

私たちは静かに王宮のエントランスホールへと足を進めた。

「シュバルツバルト侯爵家の皆様が到着いたしました」

入場を知らせる係の者が案内係を呼ぶ。

このお知らせ係の声で、エントランスホールに屯《たむろ》する貴族たちはどこの誰が来たか確認するのだ。

もっとも屯《たむろ》してるのは各派閥の低位貴族がほとんどで、高位貴族は……

「お待たせいたしました。本日のシュバルツバルト家の控室《ひかえしつ》は暁《あかつき》の間となっております。では、こちらへどうぞ」

このように控室《ひかえしつ》を割り当てられ、開始時間までそこで過ごすのが普通だ。

私たちは同行している者たちを連れ、案内されるまま移動を始めた。

王宮は広い。そらもう、だだっ広い。夜会や大きな行事が行《おこな》われる大広間とか、アホみたいに広い。

国内外の貴族やらなんやら多数のお客様を余裕を持って収容し、なおかつダンスができるようになってるからとても広い。

昨日婚姻式《こんいんしき》が行《おこな》われたことは、貴族ならば全員知っている。

約一月《ひとつき》前にお触れが回ったからだ。

だから、国内の貴族は領地に引っ込むことなく王都に留まったり、領地から王都に出てきている。

高位貴族には控室《ひかえしつ》が割り当てられ、開始時間までゆっくり過ごす。なぜかって？　従者とかが多いからです。家人一人につき一人ないし二人がついてるからです。我が家は一人なんですがね！　皆優秀ですから！

我が家の側近は全員何かしらの武器が扱える上に体術を習得してますし、専属侍女は戦場に行ったら無双できるんじゃないかな？　と思うほどらしいです……組み手は滅多《めった》にしないので、実力はよく分かりませんが……エミリはさらに謎です。我が家は国内屈指の武闘派一家なので、お父様を始め全員が武術なり体術なり習得してますから！

アニスは私の拳《こぶし》を受け流して、反撃しようとする猛者《もさ》ですよ……

私？　私も当然、習得してます。剣も槍も弓も扱えますよ、体術は……ケンカ殺法《さっぽう》かしら？　要は勝てばいいのよ！　卑怯《ひきょう》で結構！　ですわ……ホホホ……

はぁ……なっが！　エントランスホールから控室《ひかえしつ》までなっが！　仕方ないけどね……

やっと扉が並ぶ廊下《ろうか》ですよ。毎回違う部屋だから、控室《ひかえしつ》に戻るときは使用人とっ捕まえて案内させなきゃいけない。メンドイけど、セキュリティ考えたらこれも仕方ないです。

「こちらのお部屋になります。ごゆっくりお過ごしくださいませ」

到着。ぞろぞろと部屋に入る。

エミリが廊下《ろうか》に出ていった。たぶん廊下《ろうか》を行き来している使用人にお茶を頼みに行ったんだろう。

「開始時間までしばらくある。少し楽にしておくか……」

お父様……なんでちょっとお疲れ気味なの？　馬車の中で何かあったの？　気になる～（笑）

「エリーゼ、父上のことは気にしなくていい。放っておけ」

キャスバルお兄様、まさかの放置推奨《すいしょう》発言！　やっぱり何かあったのね！

「そうそう、兄上の言う通り放っておいていいよ」

トールお兄様まで！　やだ、逆に気になる～（笑）

ヒヤリ……なんか、冷気が………振り返るとお母様が冷気を漂《ただよ》わせています。

「ハインリッヒ様、後《のち》ほどゆっくりお話ししましょう」

お父様がガクリと膝《ひざ》をつきました。お母様がお父様の名前を呼ぶときは、要注意です！

はい。

うん、お父様のことは放っておこう。

「お預かりいたします」

アニスがサッとやってきて、マントを脱ぐのを手伝ってくれます。お母様を見ればエミリが戻ってきて、お手伝いしてます。

お父様やお兄様たちも側近の手で、マントを脱ぎ脱ぎしてますが……なんか……変な雰囲気です……本当、何があったのかしら！　ま、いっか。気にするなって言われたしね！

あ～帰りたいなぁ～帰らないけど～。とりあえず、お茶飲んで喉《のど》を潤《うるお》したら大広間に移動かなー？

「エリーゼ、今夜の夜食はなんだい？」

「醤油《しょうゆ》牛骨スープのトロトロ極厚チャーシューマシマシのラーメン風パスタですわ」

はっ⁉　何？　何を言わされたの？　今、聞いたの誰？　どちらのお兄様なの？

クギユウウウウウウ！

クギユッ！

クギユギユギユギユッ！

ちょっ！　三連発！

「貴方たち…………」

お母様が冷静な声でツッコみました。側近たちは離れていたために誘爆《ゆうばく》を免《まぬが》れたようです。

でも私の耳は、ミシッミシッという扇《おうぎ》が軋《きし》む微《かす》かな音を拾ってしまいました。恐怖です っ！

「お茶の用意ができました」

エミリの声に救われた～！

仕事のできるウチの侍女たちが、ささっとマントを仕舞いお茶の用意をしてくれたようです。

「ほら、父上。お茶を飲んで落ち着きましょう」

トールお兄様がお父様に軽く声をかけます。さっき夜食のこと聞いたの、トールお兄様だ……お母様は聞こえたはずなのに、自力で誘爆《ゆうばく》を防いだようです………だから、い、おこなのか……

ひとまずソファに座ろうと思い、下座《しもざ》に行こうとしたら……

「エリーゼは真ん中だよ。今日はお姫様なんだからさ」

トールお兄様の王子様発言がキツイ！　優しく誘導されました！　さすがジェントルマン！

「あぁ、今日のエスコート役は私だよ、お姫様。トールは後で婚約者殿のもとに行かないといけないからね」

くっ！　キャスバルお兄様め！　いや、予想してましたけど！　夜会なんだから、誰かにエスコートしてもらわなきゃいけないけど……

キャスバルお兄様と一緒にいると、視線がめちゃくちゃ刺さるのよねー（棒）

学園時代も、遊びでもいいからキャスバル様に抱かれたい！　って人が大勢いたもの……トールお兄様もチャラい感じでそこそこ人気あったけど、キャスバルお兄様ほどじゃなかったな～（笑）

ウチのお兄様はそのような不埒《ふらち》な方じゃないですわっ！　て言ったけど……言ったけどさ～、代わりに側近めちゃくちゃ抱いてそうなんだよね……

チラリ……何あの無駄に色気垂れ流してる、キャスバルお兄様の側近。

チラリ……トールお兄様の側近はチャラ男っぽい色気があるな～（笑）

ゾクッ……なんだ？　誰だ？　……お父様の側近か!?　なんだよ！　中年の色気たっぷりの流し目で微笑《ほほえ》むな！　お父様に可愛がられてるの知ってるんだぞ！

……夜会に向かうも地獄《じごく》、向かわなくても地獄《じごく》！　なんちゃってー！

チッ！

え!?　何、今誰か舌打ちした？　やだ、誰よ！　キョロキョロしちゃう！

…………？　なんでアニスが超笑顔でお父様の側近アレクに向かっていくの？

ガスッ！

……!!　ちょっ！　今の音！　蹴《け》った？　蹴《け》ったのアニス!?

「エリーゼ様に変な視線送らないでいただける～？　穢《けが》れちゃうでしょ」

辛辣《しんらつ》ぅ！　でもアニス言いすぎないで！　その人、お父様の側近なのよ！　それなのに……それなのに、エミリまで近寄っていったぁ！

ちょっ！　エミリ！　なんで腰を軽く沈めているのっ！　それは明らかに殴る体勢よっ！　ほら！　アレクが焦り出し……

ドズゥウウ。

ガクゥッツッ……

うわ……スッゴい重い音した……じゃない！

アレクが膝《ひざ》から崩れ落ちた！　勝ち誇《ほこ》った顔してちゃダメよエミリ！　……とアニス！

「ちょっと！　大丈夫？」

「エリーゼ様、構わないでください。貴方もサッサと立ち上がってください」

エミリ……？

「父様も大したダメージでもないクセに、これ見よがしに蹲《うずくま》らないでちょうだい」

？？？？？　父様？？？？　と・う・さ・まー？

待ってぇ！　アニスがアレクの娘ですってー！

「申し訳ありません、エリーゼ様。夫の不埒《ふらち》な視線、不愉快《ふゆかい》でございましたでしょう？　注意しておきましたよ」

ニッコリ微笑《ほほえ》んで……微笑《ほほえ》んで言うことじゃないからね……エミリ。それに、注意にしては過激よ……エミリ。

そして衝撃の事実です。アレクとエミリが夫婦でアニスが娘でした……あれ？　でも、アレクには息子が二人いるって誰か言ってたような……

「あぁ、アニスの上に息子が二人いますよ。少し前に邸《やしき》で噂《うわさ》になりましたからね」

「まぁ、お母様。そうなのね……私、知らなかったわ」

ショックでした……記憶を探ってますが、欠片《かけら》もヒットしません。

「ホホホ……エリーゼ、レイはシンシアと、フレイはソニアと婚姻《こんいん》してますよ」

「はぁっ？」

「言葉遣い」

「失礼いたしました、お母様。あまりのことについ……」

衝撃再び！　まてまてまて！　キャスバルお兄様の側近レイがお母様の侍女シンシア

と婚姻《こんいん》していて、さらにトールお兄様の側近フレイがお母様の侍女ソニアと婚姻《こんいん》してると……なんだ、その職場結婚率《りつ》。

だが、最大の疑問はキャスバルお兄様とラブラブだと思ってたレイがシンシアと婚《こん》姻《いん》？　マジで？　思わず凝視《ぎょうし》しちゃいます！　だって女の子だもん（笑）

「ホホホ……レイには二人子供がいるのよ。ねぇ？」

「はい」

お母様のさらなる爆弾投下に私のライフはゼロよ！

レイ！　返事した後、はにかんだ笑顔をこっちに向けるな！　キケン！

意外……本当に意外……いや、何が一番驚いたかってレイが二人の子持ちってことですよ。

とりあえず、落ち着け……落ち着け私……そう、お茶でも飲んで……

しーん………無言です。家族全員、無言です。私が原因です。

驚きのあまり、お茶を静かに飲んでいるだけなのですが、皆気を遣ってるのか無言です。

―コンコンコン―

「開始時間となりました」

お知らせ来ました。ヤレヤレ……これで大広間でササッと挨拶《あいさつ》して帰れ……るはずだけど、帝国皇子が問題か？

乙女ゲームならば、この皇子様は攻略対象だと予想できる。なんとなくだけど。

面倒くさい。うーん……確か第二王子の妃《きさき》が帝国の皇女様だから変ではないのよね。

考えても仕方ない、行くか。

ティーカップを戻し、立ち上がる動作に入っただけで、キャスバルお兄様が先に立ち上がって手を差し伸べてくれる。ジェントルマン‼　こんなところがモテるのね！

お母様もお父様の手を取り、立ち上がって私たちを見ている。

「さぁ、参りましょうか」

お母様の号令で、何もかもが動き出す。

「行ってらっしゃいませ」

従者一同の声に、私たちは頷《うなず》く。

そして両親を筆頭《ひっとう》に控室《ひかえしつ》を出て、大広間を目指す。

大広間の扉をくぐり抜けると、大勢の貴族……紳士淑女《しゅくじょ》と令息令嬢があちらこちらに屯《たむろ》って話し込んでいた。ぐるりと周りを見回せば、いつもの夜会と変わらない風景。

ただ一つ違うのは、国王陛下夫妻が座する玉座《ぎょくざ》の近くに大勢の令嬢がわちゃわちゃしてました。

あぁ……あそこに皇子様がいるんだな……近づかないように、しとこうか。

エスコートしてくれてる、キャスバルお兄様の手をグッと掴《つか》む。

「エリーゼ？」

「キャスバルお兄様、挨拶《あいさつ》に参りましょう」

先を歩く両親についていく。一歩一歩進むごとに、貴族たちの小さい囁《ささや》き声がさざ波のように広がる。

前を見て！　笑顔で！　胸を張って！　気にしない！　私は侯爵令嬢なのよ！　堂々としてればいい！

「今日のエリーゼは本当に美しい。私の自慢の妹だ、この夜会に来ている令嬢の誰よりも美しい。またエスコートできて、嬉しいよ」

突然の褒《ほ》め言葉に驚いて、隣にいるキャスバルお兄様を見上げる。キャスバルお兄様はシャンデリアの光を受けて、輝かんばかりの美丈夫だ。

笑顔が眩《まぶ》しいです！　目が……！　目がぁ！　…………って、悪ノリしました。

「ふふっ、ありがとうございます。キャスバルお兄様」

もう、あと少しで国王陛下夫妻とジークフリート殿下の前に着く。玉座《ぎょくざ》の後ろには王太子夫妻と第二王子夫妻の、到底《とうてい》祝いの場だとは思えないお顔が並んでいる。よく見れば国王陛下夫妻のお顔も心の底からジークフリート殿下を祝っているお顔ではなかった。

公爵家の皆様が国王陛下と王妃殿下に挨拶《あいさつ》をし、次にジークフリート殿下にお祝いを述《の》べている。

全ての公爵家の挨拶《あいさつ》が済めば、次は私たち侯爵家の番だ。

チラッと横目で令嬢が集ってる皇子様を見た。

パチッと目が合った。普通ならば、ただそれだけのことで特に何かあるわけではないはず。なのに……

それまで甘い笑顔で令嬢たちに対応していた皇子様が、急に真顔になったかと思ったら、わずかに目を見開いて……なんなの、その反応……

びっくりか？　びっくり顔なのか！　失礼だわ！

「エリーゼ、彼が気になる？」

ヒャッ！　キャスバルお兄様ったら、耳元で囁《ささや》くとか……エロいです！　ごっつあんです！　見た目だけじゃなく、声もいいのでびっくりします。

「帝国皇子様、私を見て……少し、目つきが悪くなりました」

「それは失礼だね……エリーゼ、陛下の前だから笑顔でね」

キャスバルお兄様の言うことはもっともだわ。私は前を向いて、気を引き締める。ただし顔は微笑《ほほえ》んだままで！　淑女《しゅくじょ》なのだから、これくらい当たり前よ！

それにしても、あれが帝国皇子のお一人ねぇ……

燃える炎のような赤い髪とエメラルドグリーンの瞳、高い身長に厚い胸板……お顔立ちも凛々《りり》しくていらっしゃる。はっきり言えばイケメンだわ、令嬢たちが騒ぐのも分かる。本当、乙女ゲームだったら彼が最推《お》しキャラ！　ってお嬢さんたくさんいそう。そんな雰囲気がバンバンする。

……それにしても、人の顔見て驚くとか失礼……驚く？　待って……驚く理由って何よ？　婚約破棄《はき》された令嬢だから？　いや、それだったらびっくり顔じゃないわね。事情を知らない低位貴族たちの、悪意漂《ただよ》う笑顔を嫌というほど見たもの。

他に理由がある？　……ならば、待っていれば接触を図《はか》ってくる？

「ご挨拶《あいさつ》とお祝いの言葉を考えてるのかい？　もう父上と母上の番だ」

おっと、まずい（笑）

…………うわぁ…………………

何あの、ゲッスい笑顔で胸張ってドヤァ感出してる王子様。帝国皇子様と違って、ヒョ

ロヒョロ感のある体とかショッボ！　メッチャ比べちゃう！　立ち位置近いから、問答無用で比べちゃう（笑）

さぁ、私たち……いや、私の番だ。

あのバカでゲスな王子様、いやゲスい方向にパワーアップした王子様にお祝い言うか！　これで完全にバイバイかと思うと、自然と笑みがこぼれるわ！

お父様とお母様が横にずれて見守ってくださってる。キャスバルお兄様は隣で手を握《にぎ》って支えてくれてるし、トールお兄様も私の後ろで婚約者の令嬢をエスコートして見守ってくれてる。私、ちゃんと愛されてる！

一歩前に出て、ジークフリート殿下の目の前に立った。

とりあえずは国王陛下と王妃殿下だわ。微妙なお顔しないでほしいわぁ……

淑女《しゅくじょ》らしく美しい、いわゆるカーテシーという礼をスッと執《と》る。

ホゥ……とあちこちから溜息《ためいき》が聞こえる。これが聞こえるほど美しくなければならないと……それはもう、どれだけやらされたか……

顔を上げ、微笑《ほほえ》みを貼り付けて国王陛下と王妃殿下を見つめる。

「此度《こたび》は第三王子ジークフリート殿下のご成婚、誠におめでとうございます。婚姻《こんいん》式も恙《つつが》なくお済みになり、皆々様心晴れやかに本日の祝宴《しゅくえん》をお迎えになったことと思います。

私、エリーゼ・フォン・シュバルツバルトは侯爵令嬢として心よりお祝い申し上げます」

大分《だいぶ》嫌味ったらしいけど、これが貴族というものだから仕方ないかな？

さて次はゲスい王子様か…………頑張れ私！

「ジークフリート殿下、心から愛するお方と無事婚姻《こんいん》できて何よりです。殿下におかれましては、此度《こたび》の婚姻《こんいん》式でより凛々《りり》しくおなりのようで。元婚約者として長い間おそばに侍っておりましたが、今日ほど凛々《りり》しい殿下を目にするのは初めてでございます。殿下と正妃様のご多幸《たこう》を心より祈り、お祝い申し上げます」

嫌味満載《まんさい》だけど、バカだから分からないかなー（笑）

ゲスいドヤ顔でニヤニヤしながら、こっち見んな！　キショい！　一ヶ月前のめちゃくちゃビビッた顔、忘れてないから！　ヘタレめ！

「そんな風にしおらしくしてれば、可愛がってやらんこともないぞ！　なんせ俺は王族なんだからな！」

何言ってるのコイツ……せっかく貼り付けた笑顔も剥《は》がれ落ちてしまった。大広間なのに、物音一つ聞こえなくなるほど静まり返ってるって気が付いてる？

大体、可愛いがってやらんこともないって……どこまで人をバカにすれば気が済むの……

「どうした？　今ここで平伏《へいふく》して哀願《あいがん》すれば、たまには可愛いがってやる。俺のは大層いいらしいぞ。正妃は泣いて悦《よろこ》んでいたからな。うん？　ほら、さっさとしないか！」

何言ってるの？　今、自分がどれほど下品なこと言ったか理解してるの？　下位貴族ですら言わないようなことを堂々と王子の貴方が言ってどうするの？

ついでに言うと正妃様になった、なんだっけ……えーとなんとか令嬢に恥をかかせるとかサイテーでしょ！　本当のバカですよね！

どこまで……どこまでゲスなの……誰が平伏《へいふく》なぞ、するものか！

お前に抱かれるくらいなら、死んだ方がマシだ！

「まぁ！　皆の前で婚約破棄《はき》した私をですか？　王妃と側妃《そくひ》合わせて三名しか許されないのに私に愛人になれと大勢の前で仰《おっしゃ》いますの？　私、先日の殿下のお姿……決して忘れませんわ！　殿下もまさか忘れてしまったわけじゃありませんよね？　あれこそが殿下の本当のお姿なのでしょう？　ゆめゆめ忘れることなどできませんわ」

ギリギリと歯ぎしりして睨《にら》んでくる王子様の顔はなんだかおかしくて、笑いをこらえるのに必死です。だって仕方ないでしょう。ガチガチ歯を鳴らしていたときのお顔、忘れろと言われても忘れることとなんてできませんわ。

「ねぇ殿下、あのときのこと、私今ここで申し上げてもいいんですのよ？　だって何一つ忘れてませんもの」

悔しそうな顔ですが、今ここであのときの不様《ぶざま》な姿について言われたくはないようです。

ゆったりと微笑《ほほえ》み、侯爵令嬢に相応《ふさわ》しい姿をアピールします。

「殿下、私が今ここで愛人になりましたら……正妃様はきっとお心が乱れますでしょう。せっかく幸せの絶頂にいらっしゃる正妃様を苦しめるのは、私の本意ではございません。私はすでに婚約破棄《はき》された身ですし、正妃様のためにも領地に帰ると心に決めております。何卒《なにとぞ》、お許しくださいませ」

深々と一礼し、次の方へと譲《ゆず》る。踵《きびす》を返し、優雅な足取りで退《ひ》く。

誰がお前の返事なぞ待つか！　お断りだっつーの！　愛人なんて冗談でも嫌じゃ！

グイッと腰を抱き寄せられて、驚いてそちらの方を見上げた。ゾッとするほど冷たい笑みを浮かべたキャスバルお兄様が、私の腰を強く抱き、どんどん玉座《ぎょくざ》から離れて人混みに紛《まぎ》れ込んだ。

キャスバルお兄様の腕の力は緩《ゆる》まることなく、どんどん歩かされる。玉座《ぎょくざ》から離れ、大きな大理石の円柱の陰に入り込む。ここまで来れば玉座《ぎょくざ》からは見えない。

腰をさらに強く抱き寄せられ、そのままキャスバルお兄様に抱き締められる。

速くなる。針葉樹《しんようじゅ》とバラのサシェの移り香と、お兄様の体臭が混じった香りに、わずかに鼓動《こどう》が速くなる。

ヤバい……私が妹じゃなく他家の令嬢なら恋に落ちたかもしれない。

「エリーゼ……エリーゼがあの男に平伏《へいふく》しなくてよかった」

私を抱き締めたまま、耳元で囁《ささや》くキャスバルお兄様。びっくりするほど、天然でタラシですね！

フッと腕から力が抜けたかと思ったら、お兄様の両手が私の顔をそっと持ち上げました。冷たかった笑顔はなりを潜《ひそ》め、今は蕩《とろ》けるような微笑《ほほえ》みを浮かべてます。キャスバルお兄様……ヘンなテンションになってませんか？

それにしても……近くで見るとキャスバルお兄様って本当にイケメンだよね！

ベッドの中でレイは、こんなキャスバルお兄様を見てるのか……想像するとドキドキするね！

あと……気のせいかもしれませんが、近くにいらっしゃる貴婦人やご令嬢からゴクリとか聞こえたような……

「エリーゼは私たちの宝も同然なのだよ、だからあんなことを言われて傷つけられるのは………って、なんで、そんなにやけた顔で私を見てるのかな？」

あら、やだ！　キャスバルお兄様ったら気が付いちゃったのね！　ごめんなさい、キャスバルお兄様！　お兄様はシリアスだったと思うけど、妹はお兄様と側近の情事を想像してました！

「エリーゼ・フォン・シュバルツバルト侯爵令嬢。少し、お話……を……っと失礼！」

うん？　この赤毛は帝国皇子だよね？　どうしたんだろう？　失礼って、何が失礼なのかしら？

………………やんだ～！　今の構図、お兄様に口説《くど》かれてるみたいやーん！　すごい!!　周りの女性陣の視線とか……刺さってる～！　老いも若きも刺してきてる～（笑）

キャスバルお兄様、マジ勘弁《かんべん》！

「キャスバルお兄様、私大丈夫ですわ。心配してくださってありがとうございます。それより、今声をかけてくださったのは帝国の皇子様でございましょう？　お返事をいたしませんと……」

そう言って、お兄様の手を包むように握《にぎ》って外す。

私の顔を覗《のぞ》き込むように見つめてくるキャスバルお兄様に、小声で囁《ささや》く。

「お兄様がこんな風にレイを可愛がってるのかと、ちょっとだけ想像いたしましたの」

ちょっとしたイタズラ心よ、キャスバルお兄様。お兄様は小声で「参ったな……」と呟《つぶや》くと、いつもの優しい笑顔で私から一歩離れてくれた。

ありがとう、お兄様。お兄様が私のこと、大事な妹として愛してくれてるってすごく感じたわ。

本当、こんなに愛されて私は幸せ者ね。

ホゥ……と溜息《ためいき》があちこちから聞こえます。分かります！　分かりますよ！　私だって、見物人の立場ならガン見しましたもの！　でもね、見られる立場だと気恥ずかしいです！

邸《やしき》の中とかでは割とよくあることですが、人前じゃ恥ずかしいですわ。

「その……もういいだろうか？　シュバルツバルト侯爵令嬢殿……」

柱の向こうからソロソロと顔を出して聞いてくる帝国皇子様のご様子に、淑女《しゅくじょ》や令嬢の忍び笑いが聞こえてきました。濡れ場でもないのに、なんたる気遣い……いえ、はたからは濡れ場に見えてた気がする！　もう、キャスバルお兄様ったら！

「大丈夫ですわ。どうかなさったのかしら？　わざわざ、こちらまでいらっしゃるなんて」

なぜ、私に接触を図《はか》ってきたのか？　小一時間ほど、じっくり聞きたいものだな！

帝国皇子様はキャスバルお兄様をジッと見つめた後、軽い溜息《ためいき》をついて私のそばへ寄ってきた。なんとか聞こえる程度の小さな声で「なんで断罪されてないんだ？　しかも他の男と一緒にいるなんて……」とか呟《つぶや》いてます。聞こえてないと思っているのかしら？　それとも、わざと聞こえるように呟《つぶや》いたのかしら？

「随分《ずいぶん》と大きな独り言ですこと。聞きたいことがあるならちゃんと仰《おっしゃ》ってくださいませ」

「え？　すまない。聞こえてしまっただろうか？　その、他意はないのだ……」

ありまくりでしょう！　でも、断罪とか言ってる時点で転生者だとバレましてよ。うーん……どうするかな？

「乙女ゲームに詳しいのかしら？」

こちらも小声で呟《つぶや》いてみるテスト（笑）

「な……にぃ……まさか……ラノベ天ぷら展開か……」

相変わらず小声で呟《つぶや》きます。ちょっと面白くなってきました。テンプレとか天ぷらとか言われると、こっちも有名なセリフとか言ってみたくなります。

「あ……ありのまま今起こったことを話すぜ……」

「ヤメロ」

小声でのやり取りは危険です、そろそろ潮時《しおどき》でしょう。

「どうやら込み入った話をする必要がありそうですね。殿下、私たちは暁《あかつき》の間が控室《ひかえしつ》となっております。私は友人に挨拶《あいさつ》をしたら、控室《ひかえしつ》に戻ります。今日は早々に帰る予定ですので」

と言っても、国王陛下が並みいる貴族たちに登城を労《ねぎら》う挨拶《あいさつ》をしてからじゃないとお父様とお母様は控室《ひかえしつ》に下がれないのよね。各貴族家の当主とその妻は指定の場所で待機中なのです。陛下への挨拶《あいさつ》そろそろ伯爵家になる頃合かなー？

「そうか、分かった。暁《あかつき》の間だな。すでに挨拶《あいさつ》は済んだし、この国の貴族じゃないからな。消えたところで問題はない」

でしょうね。

「おやおや、こんなところで殿下に婚約破棄《はき》された令嬢が何をしているのかな？　すでに新しい男に乗り換えていたとは……なんとも……ハハハ」

は？　どこのバカだ？　コイツ。変なオッサンがいきなり話しかけてきた。

ヒヤン……冷気が……あ、キャスバルお兄様からか。怒ってる！　怒ってるよ、キャスバルお兄様が！

ジリジリッ……え？　今度は熱気が……熱いわ！　なんでよ！

熱気の発生源を探すためにガッと顔を向けたら、皇子様でしたー！

あー火の魔法が得意なのかなー？　赤い髪に似合ってて素敵ですねー（棒）

てか、熱いわ寒いわで困るじゃないの！

「確か……ドゥルテ男爵殿でしたかな？　こたびの第三王子の婚姻《こんいん》相手はドゥルテ男爵のご令嬢だと聞いておりますよ。久方ぶりですが、覚えてますかな？　ルキノ子爵家当主ジョルダンです」

シュバルツバルト侯爵家の傘下《さんか》のルキノ子爵が割って入りました。

これで、キャスバルお兄様もちょっとは収まったかな？　……うん、キャスバルお兄様も帝国皇子様も収まりました！　ありがとールキノ子爵！　ちなみにルキノ子爵はウチのパーラーメイドのジェニファーのパパです！

「おぉ……もちろん覚えてますとも！　ジョルダン殿。娘の晴れ姿を拝《おが》みたかったのですがどこにもいませんでな。陛下に挨拶《あいさつ》する前に会って話がしたかったのだがな……全く……」

……は？　バカなの？　第二王子の婚姻《こんいん》式のときも参列したなら会えるわけないって分かるでしょうに…………あ、あのときは特例で低位貴族は呼ばれなかったんだっけ。帝国から大勢の貴族が来て……そうだ、王国と帝国の高位貴族だけで祝福したんだっけ。私は第三王子の婚約者として出席したんだよな……

確か帝国からは皇太子殿下とその補佐としてシルヴァニア公爵家の方たちが大勢い

らっしゃったんだっけ……お母様のお兄様に弟に……いとこ……私からしたらおじ様だけど。

「ははは……ドゥルテ男爵、婚姻《こんいん》式が無事済んだら正妃様は御子ができるまではお出でになりませんぞ」

ルキノ子爵はちゃんと知ってたのに、どうなってるのかしら？

「は？　そんなバカな……じゃあ、なんのために……」

知らなかった？　王太子のときもそうだったのに……まれに病気療養などで挨拶《あいさつ》に訪れない貴族もいるけど、まさか今まで一度も出席してないとか？

「王族に輿《こし》入《い》れした令嬢は婚姻《こんいん》式にて宣言した人数の御子が生まれるまで、公務はおろか夜会もお茶会も一切出ることが許されません。王子宮から出ることもできませんし、会うことができるのは限られた女性の親族や女性の友人だけですわ。ご存知なかったの？」

差し出がましいかもしれないけど、まさかね……

「そんな……会うこともできないのか……」

知らなかったのね、愕然となさって……

「もちろんですわ。王子宮には職人を入れることができないためドレスをはじめ家具類や小物なども、輿《こし》入れ前に全て揃《そろ》えて搬入する決まりとなってますけど……」

輿《こし》入れに関する決まりを何一つ知らないのかもしれない……

「そんな話、初めて聞くぞ！　なんでそんなことになってるんだ！」

嫌だわ、怒鳴るなんて……

グイと肩を引き寄せられる。キャスバルお兄様が私を庇《かば》うように立ってくださった。

「失礼だが、ドゥルテ男爵。輿《こし》入れに関しては一月《ひとつき》前に王宮より使いがあったはずだが？　その際に輿《こし》入れに関する注意事項などが書かれた書類を手渡されたはずだ。我が家とてエリーゼが婚約者になった折《おり》に同じものを渡された」

そうだったんだ。

「あれほど分厚《ぶあつ》い束《たば》が全て輿《こし》入れに関する注意事項や決まり事だと思うと驚かれるのも無理はないが、我が家は全て目を通し一切の不備がないよう万全に整えていたのだ。ドゥルテ男爵は目を通さなかったのか？　ご自分の娘のことなのに」

そうだ……キャスバルお兄様もトールお兄様も大型の魔物討伐《とうばつ》から帰ってくると、その素材を使って私の輿《こし》入れに相応《ふさわ》しいものができたと手紙をくださった。

「あっ……あんなに分厚《ぶあつ》い束《たば》全てが……そんな……」

青い顔で床を見つめ呟《つぶや》くドゥルテ男爵が何を考えてるのかは分からない。

「正妃様が御子を何人産むと宣言なさったのか分かりませんが、生まれればお会いできますもの。あまり気落ちなさらないでくださいませ」

分かってなかった以上、あれこれ言っても始まらない。この様子からすると、父の立場を利用して何か融通《ゆうずう》してもらうつもりだったのかもしれない。なんにせよいい噂《うわさ》のないドゥルテ男爵を実際にこの目で見て、合点《がてん》がいった。この男は浅慮《せんりょ》が過ぎる。

「ルキノ子爵、助かった。私は妹の友人への挨拶《あいさつ》回りに向かう」

「キャスバル殿、お気になさらず行ってらっしゃいませ。では私はそろそろ陛下のところへご挨拶《あいさつ》に向かいます」

キャスバルお兄様とルキノ子爵は短いやり取りをすると、互いに頷《うなず》き合う。

ルキノ子爵は挨拶《あいさつ》する列へと向かい、私はキャスバルお兄様に肩を抱かれたまま見送った。

何か小声でブツブツ呟《つぶや》いているドゥルテ男爵をチラ見してから、キャスバルお兄様を見上げる。

「キャスバルお兄様、もぅ大丈夫ですわ。えーと……皇子殿下？　も後《のち》ほどお会いしましょう。では失礼いたしますわ」

とりあえずキャスバルお兄様の拘束《こうそく》から逃れたい。だが、お兄様の手が外れない！

「キャスバルお兄様?」

コテンと首を傾《かし》げて、キャスバルお兄様と目を合わせる。

「すまない。あの立場を理解していない下郎《げろう》に、可愛いエリーゼがまた絡《から》まれたらどうしようかと思って」

困ったように笑ってみせても私には、意味ありませんわよキャスバルお兄様！

遠巻きにしている令嬢方が小っさい声で「キャー」とか言ってるのが聞こえましたけど！

「キャスバルお兄様、そんな下郎《げろう》は殴っても罰《ばち》は当たらないと思いません？　私は思ってます。なので、今度絡《から》まれたら殴っておきますわ」

ニコニコっと笑顔を見せると、やっとキャスバルお兄様の手が肩から離れました。

ふぅ～ヤレヤレだぜ！

「エリーゼ様」

「エリーゼ様っ！」

二人の令嬢が近寄ってきた。私の学友であり、同じ人に嫁《とつ》ぐ仲間でもあった二人。

アンネローゼ・フォン・キンダー侯爵令嬢。

ミネルバ・フォン・ロズウェル伯爵令嬢。

私は婚約破棄《はき》されたけれど、二人は側妃《そくひ》として一月《ひとつき》後に輿入《こしい》れする。先ほど見た殿下のゲスい雰囲気を思い出すと、彼女たちの先行きがますます不安になる。私が挨拶《あいさつ》をしたいと思っていた二人が自《みずか》ら来てくれて嬉しいけれど、あの殿下を見た後ならば十中八九愚痴《ぐち》が出るだろう。

「お久しぶりです。お元気そうで何よりですわ……お二人共、少し落ち着かれたら？」

一ヶ月以上会ってない二人に、久しぶりに会うのだけど……なんか、興奮しているわ……一体どうしたのかしら？

「エリーゼ様、先ほどの殿下の態度は正気なのでしょうか？」

アンネローゼの青い顔は真剣そのもので、到底《とうてい》冗談やからかいの言葉ではない。

「恐らく、正気だと思いますわ。前々から問題発言の多い方でしたけど、大分《だいぶ》極まりましたわね」

うん、毎度毎度聞いててウンザリするようなこと言っててらしたんですもの、なれっこですわよ。

「アンネローゼ様から事の次第を聞いて、私卒倒《そっとう》するかと思いましたわ」

ですよねー。ミネルバの率直《そっちょく》な物言いに困り笑いで返しておく。あんまりにも頭の悪い残念トークで、他人事みたいに聞いてたわ。

「平気ですわよ。何を言われたとしても、婚約破棄《はき》された以上私と殿下に接点はなくなったんですもの。なぜ、私が平伏《へいふく》してまで愛人になることを希《ねが》わなければならないのかしら？　本当に困った方ね……殿下は王室の現状を理解なさってないのかしらねぇ？」

そう、王室の現状。我が国は豊かでも裕福でもない。だからこそ高位貴族の面々はいかに領地を豊かにするか腐心《ふしん》する者と、宮廷での権力争いに賭《か》ける者とに分かれた。王室は権力争いに巻き込まれ、疲弊《ひへい》している。

王家とて直轄地《ちょっかつち》を運営しなければならないのに、権力争いの余波《よは》で運営が上手くいってない。

そこに第三王子の婚約破棄《はき》。税以外の収入がなかなか得られないところに慰謝料《いしゃりょう》やらなんやらお金を払ったことでさらにシビアな状況に追い込まれている。

正直ジークフリート殿下だけが、のんきに構えている状況だ。頭の中にお花畑が広がっているのだろうか？　平和すぎるでしょう……

「失礼するよ。アンネローゼ嬢にミネルバ嬢、久しぶりだね？　元気そうで何より。エリーゼが輿入《こしい》れ仲間から外れてしまったのは残念だったかもしれないが、これからもエリーゼと仲よくしてくれるかい？」

え？　キャスバルお兄様、嬉しくないフォローですわよ！　いきなり割って入ったと思ったら……もぅ！

「もちろんですわ！　エリーゼ様は私の憧《あこが》れですもの！　もし……もし、これで縁遠くなったらいたたまれませんわ」

ミネルバの思いが爆発してる！　いや、これがキャスバルお兄様の底力か……イケメンてスゴいな！

なんちて。でもキャスバルお兄様に微笑《ほほえ》まれてキョドらない令嬢はいないからなー。

「ええ、エリーゼ様ありきで今まで何度もお話ししてきたのに……とてもじゃないけど、殿下をお支えするのは困難ですわ……」

アンネローゼの言っていることは真実だ。私を中心にしつつアンネローゼとミネルバの実家を後ろ盾《だて》に、殿下を守《も》り立て少しでも国民の生活を豊かにしようと何度も何度も話し合った。そのときの感情は思い出せなくても、話し合った内容などは全て思い出せた。

恐らく、どの王子妃も夫を支えるために尽力《じんりょく》している。

例えば王太子妃パトリシア様と第二王子妃キャロライン様はお二人でよくお茶会をなさっている。

主な目的はパトリシア様と関係のある貴族と、キャロライン様と繋《つな》がりのある帝国貴族らを繋《つな》げるための話し合いであろう。

マリアンヌ様のご実家、ドゥルテ男爵家には何一つ期待できない。高位貴族との力の差があまりにも歴然《れきぜん》としていて、物事を上手く回せない。

「お二人が側妃《そくひ》になるならば、私もできる限りのことは協力いたしますわ。正妃様はどこをどうしても無理ですけど……」

私のできることなんて、高《たか》が知れてるだろうけど二人の力になりたい。

二人は近寄ってきたかと思ったら、私の手を握《にぎ》りしめた。

「ありがとうエリーゼ様、私……嬉しいですわ」

「私も……エリーゼ様、これからもよろしくお願いいたしますわ」

アンネローゼもミネルバも二人なら、きっと大丈夫……信じよう！

「私は明日の昼には、領地に向かうことになっているけれど、邸《やしき》に手紙を預けてくだされば私のもとまで届けてくれるわ」

「エリーゼ様、必ずお手紙、書きますわ！」

「アンネったら抜けがけしないで！　私も！　私も書きますわよ！」

「ええ、待ってるわ。アンネローゼ様もミネルバ様も、絶対よ！」

きっと私は心待ちにしてしまうだろう。二人からの手紙を……

「アンネローゼ嬢、ミネルバ嬢。そろそろ失礼してもいいかな？　あまり長居したくないんだ」

コクリと二人は頷《うなず》く、私も名残惜《なごり》しいけど時間は無限ではない。

「失礼いたしますわ。二人共、お手紙待ってるわ」

「私も失礼する。またの機会に会えることを期待して」

私とキャスバルお兄様は簡単な挨拶《あいさつ》をして、大広間から抜けるために急ぐ。

そして私たちの後ろには、帝国皇子が気配を消してついてきていた。


私はキャスバルお兄様に肩を抱かれながら、大広間から抜け出た。

通路ではトールお兄様が婚約者であるヒルデガルド・フォン・ウナス伯爵令嬢と話し込んでいた。

ヒルデガルドことヒルダとは親しくお付き合いしている。私より二つ下のご令嬢で賢《かしこ》く気配りのできる方だ。ウナス伯爵家の領地は我が領地の隣に位置し、王国で海塩《かいえん》生産を行《おこな》っているのは我が領とウナス領のみである。

産出量で言えば我が領よりウナス領の方が多く、そのためウナス家の次期当主の妻になるべく第一王女ローザリンデ様が嫁《とつ》いだのだ。

王女が伯爵家に嫁《とつ》ぐなど……と騒いだ貴族がいたらしいが、ウナス伯はやり手で領地経営も順調だしシュバルツバルト家とも懇意《こんい》にしていることもあって、結局は黙ったらしい。

「あぁ、エリーゼたちが来……た？」

トールお兄様が気付いて、声をかけてきたのだけど……何かしら？　最後に疑問符《ぎもんふ》ついてなかった？

「エリーゼ様、後ろの方はどちら様ですか？」

後ろ？

振り返ればヤツがいた（笑）

「ヒルダ、彼は……お名前、伺《うかが》ったかしら？」

聞いた覚えないやー（笑）

キャスバルお兄様、知ってるかなー？　と見上げてみたけどすごいイイ笑顔で横に首振りましたー（笑）

「初めまして、現帝国皇太子の第十二子第五皇子ルークです」

ルーク……

「スカイ……」

「ヤメロ」

即座に止められました。なぜでしょう？　先読みされてます。

「帝国皇子様ですか！　さすがエリーゼ様はどこかの男爵令嬢とは違いますね！」

ちょっと、ちょっと！　ヒルダってば辛辣《しんらつ》！

「しっ！　ダメだよヒルダ。あと二年我慢して、ウチに嫁《とつ》いできたら好きなだけ言っていいからね」

トールお兄様もやめて！　ヒルダが素直に受け止めちゃう！

「はい！　トール様。トール様との婚姻《こんいん》式、楽しみです！」

ヒルダったら……「ね！」とか言ってないでよ、トールお兄様も笑ってないでください。なんで二人通じ合ってるの……不思議よ……

「今のうちに暁《あかつき》の間に行くぞ」

キャスバルお兄様、指示出し的確です。ついていきます！

「はい」

私たち五人は通路にいた使用人を捕まえると、暁《あかつき》の間へと案内してもらう。

「お帰りなさいませ」

アレクが迎えてくれました。他のメンバーは、姿が見えません。

理由は簡単です。主人たちが過ごす部屋と使用人たちが休憩《きゅうけい》する部屋の二部屋がワンセットになっていて、今はアレク以外が休憩中《きゅうけい》だということです。

アレクがおや？　って顔してますね、そりゃそうです。お帰りなさいじゃない方が二人交じってますからね。

「久方ぶりでございます、ヒルデガルド様。お元気そうで何よりでございます。して、そちらのお客様はどちら様でございましょう？」

波のない海のような静かな気配だけど、かつてはお父様の片腕として魔物討伐《とうばつ》に同行していたアレク。得意な武器がなんだか知らないけど、そこらの兵士などより強いのは確かだ。目の奥がマジで剣呑《けんのん》としている……警戒してますね。

「あぁ、アレク。彼は帝国皇子でルーク様と仰《おっしゃ》る。粗相《そそう》があってはならない相手だよ」

キャスバルお兄様が軽く説明してくれました。助かったー（笑）

フッとアレクの雰囲気が柔らかくなりました。なぜでしょう、ルーク様も顔が緩《ゆる》みました。

「左様《さよう》でしたか。では……」

「アレク！　ちょっとルーク様とは内緒のお話をしなければならないの、ソファではなくあちらの隅《すみ》のテーブルで話し合うからお茶をよろしく！」

「……かしこまりました」

ブッ被《かぶ》せてしまったわ。

「さぁ、ルーク様。あちらでキチンと話し合いましょう」

私はルーク様の手を引っ張って、部屋の隅《すみ》にあるテーブルセットへと急いだ。

丸テーブルと猫脚《ねこあし》の椅子二脚のおしゃれで高そうなセットへと近づき、自分でさっさと座る。ルーク様も自分で椅子を引いて座ると、一度アレクの動きを確認する。

「お茶が来てからでいいか？」

「もちろんよ」

私たちは無言で、お茶を待った。

私も転生者、彼も転生者。本来なら本日の主役の一人だった彼女も転生者。大した情報のやり取りはできなくとも、転生者という繋《つな》がりが大事になってくる。

私はこの世界が乙女ゲームかな？　と思っているだけだが、彼はきっとこの世界が乙女ゲームだと知っている。仲よくなって損はない存在だ。

―カチャ―

香り高い紅茶が目の前に置かれる。私たちは差し向かいに真剣そのものの顔で座っていた。

時間は限られてるのよ！　単刀直入に行くわ！

「ズバリ、この世界って乙女ゲームよね？」

「俺は乙女ゲームだと思っている」

即答ですか、ありがとうございます。

「逆に聞くが、悪役なのに断罪されなかったんだな」

「当たり前でしょ。王家のブラックぶりとあの王子の残念ぶり知ってたら、笑顔で人に譲《ゆず》るわよ」

こちらも即答です。

あれ？　王家に輿入《こしい》れする際の鬼ルール知らないのかな？

「ねぇルーク殿下は、輿入《こしい》れが大変だって知ってる？」

「いや、特に知らないがそんなに大変なのか？」

知らなかったー！　皇子様、のんきー！

「うん。五代前までは婚姻《こんいん》式自体も華やかだったし祝宴《しゅくえん》やらパレードやらあったのよ。でも、妃《きさき》の不義密通が発覚してからルールが変わってね。婚姻《こんいん》式の後、監禁生活に突入すんのよ。初夜は元より閨《ねや》は監視されっぱよ」

サラッと言ってみた。

「マジかよ。キッツー。姉上、そんなところに輿入《こしい》れしたのか……」

姉上……キャロライン妃様のことよね。

「なんで今ヒロインいないのかは分かった。でも妃《きさき》が不義密通って無理じゃね？」

やっぱり食いつくよねー。

「それが、学園時代から仲のよかった数人の高位貴族のうちの一人とデキていてね。王太子と婚姻《こんいん》したまではよかったんだけど、生まれた御子が王太子に似ても似つかぬ顔だったそうよ」

ふんふんと聞いていたルーク殿下がおや？　と首を傾《かし》げました。

「……逆ハーレムルートを攻略してるみたいだな……」

「逆ハーレム……冗談でしょう……」

でも、考えれば考えるほど納得できる。

「ねぇ、乙女ゲームって分かっててなんでここに来たの？」

なんとなく感じた疑問をぶつけてみた。

「もし、乙女ゲームのヒロインそのままのいい子だったら、見てみたいと思って」

ふーん。そんなものなのか……

「もし違ったら、どうしようかと思ったけどな」

バカだ！　チャレンジバカだ！

「いい子とは言い難《がた》いタイプだったわよ」

「マジかよ。輿入《こしい》れのルールが変わって助かった。ルークって隠れ攻略キャラだったから、マジ助かったわ」

は？　隠れ攻略キャラ？　ダメじゃん、来たら！

「ねぇ……隠れ攻略キャラって本当？　どうして、そうなるの？　ヒロインとは婚姻《こんいん》式まで接点ないでしょ？」

どうなってるの？　乙女ゲームってふしだら極まりない内容ってこと？　私、この世界の元ネタっぽいゲームやったけど知らなかったわよ！

「んー？　まぁ、略奪《りゃくだつ》しちゃう系？」

は？

「どっちがどう略奪《りゃくだつ》するのよ」

説明しなさいよ。

「俺が可愛いヒロインを婚姻《こんいん》式で見初めて略奪《りゃくだつ》する……って内容。ありえないけど」

バカだ！　本気のバカだ！　そんなことしたら戦争に発展するかもしれないし、貴族からの反発もシャレにならない。

「そうね、ありえないわね。ルーク殿下がまともで助かったわ」

「お互い様ってことで。で、いづらくて早々に帰るのか？」

今、それ聞く？

「別に、お腹空いてるから早く帰ってごはん食べたいだけよ」

えー？　って顔してるわね……

「こっちの世界って、食事が貧しくて悲しくないか？」

「そうね。でも、家は別に貧しくないから」

ふーんって顔してるわね。いいのよ、そう思ってくれて。

―バァァァン―

えっ？　何？

「戻ったわよ！　さぁ、帰りましょう！」

お母様が鬼の形相《ぎょうそう》で控室《ひかえしつ》に戻って参りました。お母様、なんか振り切れてるなー。

お腹空くとイライラして怒りっぽくなるって言うし、これは早く帰ってごはん食べさせないとね！

お父様が疲れた顔して、お母様の後ろについてる……まるで、護衛騎士のようだわ。

「お母様！　早く帰りましょう！　帰って醤油《しょうゆ》牛骨スープトロトロ極厚チャーシューマシマシラーメン風パスタ食べましょう！　ねっ！」

とりあえず叫んだ。

クギュウウゥゥゥゥゥゥ！

クギュッ！

クギュギュギュ！

またしても、お父様とお兄様たちのお腹が鳴りました。

「誰だ！　俺のクギミンを呼んだのは！」

「誰も呼んでない！　それにクギュは貴方のじゃない！」

ルーク殿下の叫びに脊髄《せきずい》反射よろしくツッコミ返した。乙女ゲームに詳しいことといい、この皇子様オタクか？

「ちょっと……殿下ってオタクだったりするの？」

小声で聞いておく。さすがに憚《はばか》られる……

「オタクかどうかは微妙なトコだな、アニメや漫画は好きだったしゲームもそれなりにやってたが、妹がガチのオタ女で同人ギャルだったんだ。乙女ゲームも妹が原稿に追われてるときに代わりに進めたりしてて……俺は『一狩り行こうぜ！』ばっかりだったんだけどな……」

なるほどなるほど、納得の答え。

「それにしても、妹さんすごかったのね……」

　あらやだ、声に出ちゃった（笑）

「まぁな……会社勤めしながら三次BL書いて乙女ゲームやりまくって……我が妹ながらバケモノ染《じ》みてたな……」

「腐女子《ふじょし》で乙女ゲーム好きって……節操《せっそう》ないわね……」

　すごい妹がいたんだ……そこは、ちょっとだけ同情するわ。

「まて！　それどころじゃない！　ラーメン風パスタってどういうことだよ！」

　は？　そこに食いつく？

「え？　……ラーメンの麺《めん》は作り方知らないけど、パスタは作れたからパスタを使ったラーメンだけど何か？」

「マジかよ……なぁ、俺も食いたいんだけど……」

「じゃあ、お父様に土下座《どげざ》でもなんでもやってお願いすれば？」

　家は明日、領地に帰るからお客様はお断りです！　って言おうとしたらダッシュしてお父様の前に行った！　はっや！

「お願いします！　私に侯爵家の食事を食べさせてください！」

　ガバァと土下座《どげざ》しました………叫びながら……しかも、お願いとか皇子様にあるまじき言動。

家族全員からの視線が突き刺さっております！　私、涙目です！

ヒッ！

お母様が氷の微笑《びしょう》で歩いてきマスタ！　誰か助けて……って無理か……皆、微動《びどう》だにしません。いや、唯一動いている人物がいました……

皇子様が……土下座《どげざ》のまま、米つきバッタの如《ごと》く頭を何度も下げまくっとる……

カオス……マジカオス………

「エリーゼ……貴女、殿下に何を言ったの？」

やばい……マジでおこですよ……

「いえ……邸《やしき》に帰ったら食べる予定のメニューを言ったら、食べたいと……で、お父様に土下座《どげざ》でもしたら？　って冗談のつもりで言ったら……その……本当に行っちゃって……」

背中に変な汗ビッショリです。

お母様がニーッコリ笑った……どういう意味の笑顔でしょう？　クルッとお父様の方を振り向きました。

「貴方！　殿下をお客様としてお迎えいたします！　殿下もよろしいですね？」

おぉ……

「いいわね、エリーゼ」

ヒィッ！　振り向きざまの目がっ！　ゆっ……夢に出そうです！

「あっ……あのっ！　帰ったら料理長にギョーザと麦ごはんのチャーハンも作ってもらいましょう」

「神かっ！　ギョーザセットとかマジパネェ！」

皇子様よ……言葉遣いヒドイです。お母様の氷の微笑《びしょう》が絶賛《ぜっさん》発動中です（涙）

「殿下、落ち着いてください。今からですと、我が家に泊まることになりますが大丈夫でしょうか？」

お母様が氷の微笑《びしょう》のまま、皇子様に聞いてます。颯爽《さっそう》と立ち上がった皇子様のキラキラぶりがすごいです。

「あぁ、宿に行って荷物を取ってくる。しばらく厄介になりたいのだが、構わないだろうか？」

宿？　なんで宿？　王宮に泊まる予定だったんじゃないの？　ちょっと今すぐ聞かないとストレスになるわ！

「なぜ、殿下は宿を？」

スッゴいいい笑顔！　歯とかキラッって感じですよ。

「ん？　だって王宮に泊まったら、いざというとき逃げられないだろう（転生ヒロインから）」

なんか最後に心の声が聞こえた気がしました。分かる気がする～（笑）

「承知いたしました。では、殿下は宿から荷物を持って我が家にお出でください。貴方もよろしいですね。エリーゼも。それとヒルダ、ご家族が待ってますよ。気を付けてお行きなさい」

「はい。トール様、またお会いできる日を心待ちにしております。では、皆様失礼いたします」

スッと立ち上がり、一礼してヒルダは暁《あかつき》の間から出ていった。

素早く動くヒルダの即決ぶりは昔からだけど、学園に入ってからは磨《みが》きがかかってきたな～。

それにしても……お母様の的確な指示出し、カッコイイ～！

「ではシュバルツバルト侯、一旦失礼する。後《のち》ほど侯の邸《やしき》に行くのでしばらくよろしく頼む」

皇子様は、さっさか挨拶《あいさつ》すると暁《あかつき》の間から出ていった。

……………なんか………………えらいことになった気がする…………………

そして、しばらくってことは領地までついてくるってことかしら？　………………ラーメン一つでこの行動力…………なんで…………………ラーメン……………ギョーザ…………チャーハン…………ギョーザセット……ギョーザセットかっ！

Ｏｈ！　将！　的なセットでやつは心が動いたのか！　クソッ！　あいつ、まさか前世はＯｈ！　将！　の常連とかじゃないだろうな！

確かＯｈ！　将！　のラーメンは鶏ガラベースじゃなかったか？　そこに何かの可能性を見出すやも知れん！　やばい！　ウチに張り付かれるやも知れん！　まさか私のラーメン好きが仇《あだ》になろうとは！

だが！　いつかスーちゃんのラーメンを再現するまでは、諦《あきら》められぬ！

……ならば…………ならば、やつを巻き込み一大ラーメンブームを起こすのじゃー！

「エリーゼ、おかしなことを考えてないで帰るわよ」

「はぁい」

なぜバレたし？　お母様パネェ！

……家族だけになりました。

皆立ち上がり、お父様のそばに寄ります。もちろん、お母様もです。

「正妃様は御子を三人お産みになる、と宣言されたようよ。しばらく王子宮から出ることは叶わないでしょう。明日は予定通り領地に帰ります。……ルーク殿下が我が家にいらっしゃいますが、どうやらエリーゼと親しげに話していたようですし、むしろいいことかもしれません。殿下に異論がなければ我が領地に来ていただきましょう。貴方、いいですね」

宣言……男子三人産むのか……長い道のりだけど、大丈夫なのかな？　ちょっとだけ同情しちゃう、だって女の子だもん。

…………いや、マジで。側妃《そくひ》が予定通り入宮してくるのに、三人て……キッツいなー、王妃殿下だって三人の御子をお産みになるのに十年以上かかってたのに……

最低でも五年は監禁生活だけど、あの子ボッチでどうするのかね？　ま、いっか。私の人生じゃないし。

あら、やだ皆帰り支度《じたく》始まってる。

はい、我が家。特筆すべきことなんて何一つありませんでした。

全員無言で王宮脱出→邸《やしき》に到着の流れです。

家族全員がさっさと自室に向かいました。私も自室に行きたいのですが、その前に伝えねばならないことがある。執事《しつじ》に！

湯浴《ゆあ》みして、着替えるためです。私も自室に行きたいのですが、その前に伝えねばならないことがある。


「料理長に伝言を。チャーハンとギョーザもお願いします。あと、聞いたかもしれませんがお客様が一人いらっしゃいます。その方の分も用意してちょうだい」

「かしこまりました」

これでよし！　さぁ、湯浴《ゆあ》みして着替えてラーメンだ！（正確にはパスタだけど）

「アニス、さっそく湯浴《ゆあ》みよ！　早くしないと、お腹空きすぎて死んじゃう！」

「はいっ！」

優雅に見える早歩きで自室を目指す。あの残念王子のがっかり発言もラーメンで帳消しだ！

……………帝国皇子様のがっかり感はあれで打ち止めかしら？　なんか……なんか、もっとがっかりしそう………いいえ、気にしたら負けよ！

これで、スッキリキッパリあの残念王子とはオサラバよ！　さぁ！　考えるのもやめだ！

バイバイ、ジークフリート殿下。

ラ・ラ・ラ・ラーメン！


思い切り扉を開けて自室に入る。心と頭はラーメン（風パスタ）でいっぱいだ！

「面倒くさいのは、一切なしで！」

マントもドレスも何もかもドンドン剝《は》ぎ取られ、あっという間に真っ裸《まっぱ》ですよ！　室内履《ば》きを突っかけて、浴室に飛び込む。もはや誰かを待つことなく、ザカザカ洗っていく。

毎朝の日課がこんなときに役立つなんて！　ひゅ〜サッパリ〜！

「エリーゼ様！　体、お拭《ふ》きいたしますね！」

アニスが濡れた体を拭《ふ》いてくれる。サワサワサワサワ〜モミモミモミ……揉みやがった！

「エリーゼ様、また大きくなってますね」

満面の笑みで言うことか！　って、まだ揉んどるし！　やめい！

「もう十分よ、お離し」

「はぁい」

残念そうに言わない！

「ドレスの用意をしてあります。揃《そろ》いの新作のお靴《くつ》もご用意いたしました」

浴室を出て、ドレスと靴《くつ》を見ると胸が躍りました！

クリーム色の毛織のドレスは首元が緩《ゆる》い詰め襟、胸下で切り替わる裾《すそ》はベルみたいに広がっている。袖《そで》もベルっぽくなってて、その袖口《そでぐち》と裾《すそ》に赤や黄色の花と緑鮮やかな葉っぱの刺繍《ししゅう》が施《ほどこ》されてて可愛いのよ！

靴《くつ》も同じような色合いでフワフワの毛が内側になるように作ってあるショートブーツで、革にドレスの裾《すそ》と揃《そろ》いの花や葉が描かれていてこれまた可愛いのよ！

キツくないコルセットともっこふんどしを身につけてドレスを着せてもらう。

あったか～！　幸せ～！　靴《くつ》を履《は》いてみる。フワモコ～！　ぬくぬく～！

「よし！　晩ごはん！　アニスも楽しみでしょ？　明日には領地に向けて旅立つんだもの、栄養つけないとね！」

私たちが食事している間に従者たちも、別室で食べる。それも大体同じものを。家族同然な彼女らは責任も仕事も重大だが、それ相応のご褒美《ほうび》だってあるのだ。最近のご褒《ほう》美《び》はもっぱら食べ物になりつつある。

「はいっエリーゼ様！　美味《おい》しくって食べすぎちゃうのが困っちゃうんですけど、たまにですもんね！　嬉しいです！　早く行きましょう！」

アニス可愛いな〜（笑）

「よし！　行こう！」

一路食堂へ！

着きました。すんごいギラついた目をした皇子様がいました。我が家の食堂のお客様席に座ってます……ますが……どうしよう……めっちゃ凝視《ぎょうし》してるよ…………食べるラー油を。

ラーメンのお供として、最近必ず出すようになった食べるラー油。

育ちのよさそうな皇子様がギラギラした目で食べるラー油を凝視《ぎょうし》するってシュールじゃない？

「いらっしゃいませ、殿下。そんなに気になりますでしょうか？」

ばっ！　と食べるラー油から私に視線を移しました。勘弁《かんべん》してください、口元から輝く液体が垂れてます。

乙女ゲームの隠れキャラがヨダレ垂らすとかないわ！

「女神、降っ臨っ！」

「アホかっ！　黙れ！」

この残念皇子様めっ！　早く、その垂れまくってるヨダレを拭《ふ》け！　キラキラしい皇子様がギラギラした目でキラキラしたヨダレを垂らすとか、アホ全開だわ！

「すまない。あまりにも食欲をそそるものを見て興奮してしまった」

ヨダレを拭《ふ》きながら言われても……

「あら、早かったわね。まぁ、殿下もいたんですか？　いらっしゃいませ」

お母様……ちょっぴり皇子様に当たりがキツいですわよ？　お父様もお兄様たちもいらっしゃいました。

「皆様お揃《そろ》いのようですので、お運びいたします」

執事《しつじ》が一礼して扉の外に出ると、チリンチリンとベルを鳴らした。少し経つとメイドの一人がやってきて、箸《はし》などの配膳《はいぜん》を行《おこな》ってくれる。

「お客様も箸《はし》で大丈夫よ。気にせず置いてちょうだい」

「箸《はし》があるのかっ！」

驚くのも無理はない。この世界カトラリーはあるけど、ちょっと前までステーキハウスとかで出てくるようなデカいナイフとフォークだったらしい。今は普通のサイズですけどね。当然箸《はし》もなかったけど、ラーメンはやっぱりお箸《はし》じゃないとね！　って私が頑張って造らせました。

ワイングラスが置かれ、冷えた水が注《そそ》がれていきます。もう、ワクワクが止まりません！

――カラカラカラ――

ラーメン（風パスタ）を載せたワゴンが次々とやってきましたー！　ドンッと目の前に置かれた黒いラーメンどんぶり。

細く刻《きざ》んだ野菜は炒《いた》められ、ボアのバラ肉はテラテラと脂《あぶら》が輝くチャーシューに！　しかも極厚！　見ただけでジューシーさが伝わります！　料理長と二人でこのレベルのチャーシューを作り上げたときには手を取り合って喜んだものよ。

そして煮玉子！　茶色いプリンッとした玉子……ふふ……中身は半熟《はんじゅく》っぽいのよ……箸《はし》でパカッと割ると黄身がトロンと出てくるの！

パラッとかけられた色鮮やかな緑色のネギと、スープに浮かぶ茶色い焦がしネギ。もう、ヨダレ出ちゃいそう！

…………皇子様はもう出てました！　ダッパダバです！　匂いもいいですからね！

……はっ！　お父様はすでに食べ始めてた！　お母様もチャーシューにかじりついてます！

そして……焼き立てギョーザ来たーーーー！

今日のはモッチモチの厚めの皮で、ちょっと大きめのギョーザです！

焼き立ては熱くて危険なやつです！

「ギョーザだ！　美味《うま》そ……」

「待って……」

「あぢーーーっっ！」

あーあ……今日のギョーザは肉汁たっぷりバージョンなのに。

皮がモッチモチのやつは、タネに煮凝《にこご》り混ぜ込んでよりジューシーなギョーザにしてるんだよね。

普通のもあるけど、今日は小籠包《ショーロンポー》かな？　ってくらいジューシーなギョーザなのだ。気を付けないと、ギョーザを噛んだ瞬間に肉汁に襲われてしまうのだ。

皇子様は叫んだ後、お口にギョーザを放り込みハフハフしながら飲み込みました。でも……ヨダレと肉汁の脂《あぶら》が垂れまくって、キラキラからテラテラになりました。…………恋する乙女が見たら幻滅すること間違いなしの残念感です。

鼻から上はイケメン皇子なのに、口から下は食いしん坊丸出しです。お高そうな服に肉汁やらヨダレやらの染みがついちゃってます。今からラーメンの汁もついちゃうんでしょうね……

チャーハンも並べられました。レンゲは無理でしたから、普通のスプーンです。パクパク食べる皇子様、嬉しそうです。

我が家のチャーハン、ラードで焦がしネギ・ニンニク・細切れチャーシューと溶き卵を絡《から》めた麦ごはんを炒《いた》めて、味付けは醤油《しょうゆ》とガラの実の汁少々なのだ。

ラーメン↓ラーメン↓チャーハン↓ギョーザの順でガッツキまくりの皇子様。見ていて清々《すがすが》しい食べっぷりです。格好は気にしちゃダメ！

麺《めん》を半分ほど食べました。

そろそろアレです……テーブルの上で小洒落《こじゃれ》たガラスの器《うつわ》に入ってる食べるラー油……

そっとたぐり寄せ、刺さってる銀のティースプーンを手に取り、赤く光る食べるラー油を少しだけ掬《すく》う。

……なんか視線感じる……誰だっ！　はい、皇子様でしたー！　ラー油と自分のラーメンどんぶりを交互に見てます。

うん？　あらっ！　皇子様のラーメンどんぶり、具も麺《めん》も残りわずかでしたぁ！

とりあえず、自分のピリ辛になったラーメンを食べます。

「このちょっと辛いのが、いいのよね～」

「そうね、寒い冬には辛い方が温まる感じがしていいわよね。私にも取ってちょうだい」

お母様の方へラー油の器《うつわ》を回す。お母様、ティースプーンにざっくり掬《すく》うと迷いなくラーメンに投入！

辛党《からとう》です！　まごうことなき辛党《からとう》です！　この世界にはまだまだ唐辛子は浸透《しんとう》してません！

ですが、我が家にはあります！　イエーイ！

ニコニコしながらラー油のオレンジ色が輝くラーメンを嬉しそうに食べ始めました。……お母様、唇が油でツヤッツヤになってます。なんていうか、美魔女がラーメンを上品に食べてる姿はエロいですね。

…………あっ！　無言のハンドサインでお父様↓キャスバルお兄様↓トールお兄様の順にラー油が回されてます。ラー油を凝視《ぎょうし》していた皇子様が、クッと顔を上げました！

「私にもラー油を回していただけますか？」

聞かなくても、普通に言えばいいのにね（笑）

「ラー油、ルーク殿下に渡して」

執事《しつじ》がスッと動いて、殿下のもとにラー油を持っていきました。皇子様、嬉しそう（笑）

ちょっとだけ掬《すく》って、麺《めん》の上に落としました。そのまま絡《から》めることなく、麺《めん》にラー油を載せて食べ……

「うんまーーー！　何コレ！　すんげぇ美味《うま》いんですけど！」

褒《ほ》めてくれるのは嬉しいですが…………

「まぁ、殿下ったら……随分《ずいぶん》と粗野《そや》な言葉遣いですわね」

ヒエッ！　お母様のチェックが入りましたわ……皇子様もヒエッ！　ってなってます。

気を付けてください……私たちも巻き込まれますんで。

「申し訳ない。あまりにも美味《びみ》だったのでその、昔の……っと……いや、失礼した」

ピクンッとお母様の眉が跳ね上がりました。後《のち》ほど問いただされるかもしれませんね。

その隙《すき》に私、完食です！　…………だが、足りぬ！　まだまだ足りぬわ！

そっと見回せばお兄様たちも、お父様も完食です。目を見交わしてそれぞれに頷《うなず》き合い、執事《しつじ》へと視線を飛ばす。

「おかわり、いいかしら？」

私の言葉に執事《しつじ》はコクリと頷《うなず》き、近くに寄ってきます。皇子様は「えー⁉」って顔してます。おかわり、あるに決まってるでしょう！　ウチにはまだまだ食べ盛りなお兄様たちがいるのよ！

「ラーメンをもう一杯だ、チャーシューをもう一枚足して。あとギョーザも一人前だ」

お父様……今日のラーメン、マシマシで二枚足してあるのに……もう一枚足したら計四枚なんですけど……平気そうですね、というか幸せそうです。

「私もチャーシューをもう一枚足して、おかわりを。ギョーザは二人前で」

キャスバルお兄様も足しましたか……そしてギョーザ二人前ですか……今日のギョーザ、気に入っていただけましたか……

「私もキャスバル兄上と同じようにしてくれ。もちろんギョーザ二人前だ……本当はチャーシュー、あと二枚くらい足したいけどね」

トールお兄様はチャーシュー超お気に入りですか。

「旦那《だんな》様とキャスバル様がチャーシューを一枚足したものですね、トール様は三枚足されますか？」

執事《しつじ》の確認でお父様とお兄様たちに緊張が走ります。チャーシュー戦争勃発《ぼっぱつ》の危機です！（笑）

「いいのかい？」

えー？　トールお兄様聞いちゃう〜？

「大丈夫でございますよ。おかわりはチャーシューで蓋《ふた》をして！　とか言われる方もいらっしゃいますから」

は？　待て！　何その不思議なオーダーは！　なんか色々、おかしいでしょ！

「何それ……」

ほらぁ、トールお兄様が疑問符《ぎもんふ》浮かべまくってるじゃない。

「どんぶりの上部をチャーシューで覆《おお》い尽くすように載せるのです。本日であれば八枚でしょうか？」

誰だ！　そんなバカみたいなオーダー出すやつ！

「……そんな贅沢《ぜいたく》なことを言うのは誰だ……」

トールお兄様が地を這《は》うような低い声で聞いてます。執事《しつじ》が悲しげな顔でトールお兄様を見つめました。嫌な予感しかしません。

「………フレイです」

まさかトールお兄様の側近が我が儘《まま》オーダー出してたとは！　カッと目を見開き、執《しつ》事《じ》を凝視《ぎょうし》するトールお兄様。

「フレイ……あいつ…………今夜は覚悟しろよ……」

寝かさないの？　寝かさないつもりね！　過激な発言でしてよ！　トールお兄様！

「待て！　俺だってもっとチャーシューを食べたい！」

お父様が立ち上がって叫びました。侯爵ともあろうお方が、いきり立って叫ぶとか通常なら ありえません。

チャーシュー戦争勃発《ぼっぱつ》しました（笑）

ガタンッと皇子様も立ち上がります。

「そのチャーシューで蓋《ふた》をしたラーメンを食べたい！」

「だったら俺もだ！」

トールお兄様が釣られました。お父様がクッと悔しそうです……が、チラッとお母様を見て発言を控《ひか》えてます。バカばかりか………

不穏な空気の男性陣に狼狽《うろた》えることなく、オーダーを聞く執事《しつじ》……さすがです。

お母様は私の様子を窺《うかが》ってます。私のオーダーを聞いてから決めるつもりでしょう。

「旦那《だんな》様、トール様、ルーク殿下がチャーシュー蓋《ぶた》。キャスバル様がチャーシューを一枚足したものと、さらにギョーザ二人前。トール様もギョーザ二人前に、旦那《だんな》様がギョーザ一人前。以上でよろしかったですか？」

素晴らしい！　ちゃんとオーダー取れてる。

「あっ、ギョーザ一人前お願いします」

残念皇子、ギョーザ一人前追加か……追加注文を出して落ち着いたのか大人しく席に着きました。

「かしこまりました。ルーク殿下がギョーザ一人前ですね。あとは……」

気が利《き》く。でもとりあえずそのオーダーを通してきてからね！

「先に伝えてきてちょうだい」

「はい。では、失礼いたします」

一礼して部屋を出ていく執事《しつじ》を見送る。何か察したのか皇子様が訝《いぶか》しげに私を見ています。

ククク……私がただのラーメンをおかわりすると思っているのか……

ハッ！　突き刺さるような視線！　バッと視線の元へ顔を向けるとお母様でしたー！

やだぁ！　お母様ったら、そんな警戒した目で私を見るなんてぇ。

「お待たせいたしました、エリーゼ様」

いつの間にか執事《しつじ》が戻ってきてました。あぁ……顔が自然と緩《ゆる》んでしまう。

「まずチャーハンは先ほどの半分の量をスープ皿に入れて持ってきてちょうだい。ラーメンは麺《めん》なしでスープも少々、チャーシューは一枚のみ煮玉子は二個に青ネギは多めでよろしく。あぁ炒《いた》め野菜は抜きよ。ギョーザ一人前もお願いね」

ちょっと分かってないようです。


「かしこまりました。では失礼します」

執事《しつじ》は早々に伝えに行きました。さすが、お母様が乗っかりました！　でも、まだちょっと分かってないようです。


ガタンッ！　やだ、また皇子様が立ち上がりましたよ……

「まさか……ラーメンライスかっ…………」

ククク……気が付いたか。

「ええ、その通りよ。脂《あぶら》たっぷりチャーシューもラードで炒《いた》めたチャーハンも青ネギ効果でパクパクイケちゃう魅惑のラーメンライス。しかも黄身がトロトロの煮玉子二個が、卵かけごはんにも似たまろやかさを与えてくれるでしょう」

私の話を聞いた皇子様がマジモンの涙を流しながら、箸《はし》を握《にぎ》りしめてます。

「なぜ、気が付かなかった！　俺ーーーーー!!」

アホですか………でも、私の生暖かい心が発動しました（笑）

「ルーク殿下、おかわりを完食してもう一杯頼めばいいのです」

カラン。皇子様、箸《はし》が転がりましてよ（笑）

まるで祈りを捧《ささ》げるように両手を組み合わせた皇子様が、私を見つめ……

「あぁっ女神様っ！」

「黙れ！　ドアホゥ！」

思わず全力でツッコみました。

「ふふっ、こんな風に話ができる日が来るとは思ってなかったよ。ありがとうエリーゼ嬢。嬉しくて涙が出そうだ。これからも、こんな風に話ができると嬉しい」

甘い笑顔で言いましたよ。でも私も楽しくて嬉しかった。同じ世界を知ってる人、この世界が乙女ゲームであることを知っている人。

「ええ、私たちきっともっと仲よくなれますわね。これからも色んなお話ができれば……と思ってますわ。よろしくお願いしますね。ルーク殿下」

私たちはにこやかに、脂《あぶら》でベトベトの手で握手《あくしゅ》した。


お父様をはじめとする男性陣のおかわりが次々と並べられてます。結構なボリュームですが、欧米人のような大容量の胃袋なのでこれくらいは余裕です。しかも運動量が多いので、問題なくカロリー消費いたします。

……………それにしても、チャーシュー蓋《ぶた》はすごいインパクトね……ハンパないわ……

待てよ……確か、執事《しつじ》はトールお兄様の側近がおかわりにチャーシュー蓋《ぶた》を食べてるって言ってなかった？

まてまてまて、トールお兄様の側近って細マッチョのチャラ男感満載《まんさい》な見た目でしてよ！　意外と大食漢《たいしょくかん》なのね！　それを夜な夜な抱いてるお兄様……

ひょっとして、そのぅ……想像するよりトールお兄様は絶……いえ、体力のあるタイプなのかしら？　だから、太らないとか？　…………ヤンダァ！　嫁入り前なのにハシタナイこと想像しちゃったぁ！　キャッ！

でもまぁ、ソーユーことなんだろうな……さっきもなんか不穏な発言してたしね。フレイ、ガンバレー！（棒）

それにしてもガフガフ言いながら食べてるなー、皇子様とトールお兄様。チャーシュー八枚とか、どこのフードファイターですか。

「お待たせいたしました」

コトンコトンと置かれた半チャーハンと麺《めん》なしラーメン。と、ギョーザ一人前。

お母様は私を見てます。私はニッコリ微笑《ほほえ》んでラーメンどんぶりを手にします。

箸《はし》で丁寧にチャーシューを持ち上げて半チャーハンに載せ、煮玉子の中身が飛び出ないようにソッと移動させます。

お母様も私のやり方を見ながら、同じように半チャーハンに盛り付けていきます。

スープが多いとしょっぱくなるかもしれないので、あまり入れすぎないように青ネギごとザバザバ移します。

スプーンでカチャカチャと青ネギを混ぜ込み、一口食べます。

「うん。美味《おい》しい！　あぁ、ラー油取ってちょうだい」

お母様も同じように混ぜ混ぜして一口食べました。ニコー！　お母様が実に嬉しそうに微笑《ほほえ》んでます。

ラー油が手元に来ました。皇子様がガン見してきます、うざったいですね！

ティースプーンに半分近く掬《すく》い、半チャーハンに投入！　煮玉子二個をクラッシュ！

パクッ！　んまーーーーーーーいっ‼　ピリ辛だけど玉子の黄身のおかげでまろやかです！　パクパクパクッ！　止まらない！　美味《おい》しいっ！　何か聞こえた気がしたけど、混ぜ混ぜ混ぜ……美味《おい》しそーーーーう！

一気食いしちゃったぁ！　ハフゥ！

ふと、お母様を見たら、お母様もめちゃくちゃパクついてました！

「グフゥッ！　俺も……俺もアレを食うのだ……」

皇子様……麺《めん》が半分近く残ってます。思いのほかチャーシューが重かったようです。

トールお兄様は……スープまで飲み干してましたぁ！

「エリーゼと同じものを食べる！　ギョーザはなしで！」

「俺もだ！」

「私にも」

トールお兄様のさらなるおかわりと、それに乗っかるお父様とキャスバルお兄様。

あれ？　トールお兄様とお父様ってチャーシュー蓋《ぶた》だったわよね？　と思ったら、いつの間にか完食してました。

止まらない食欲にバンザイ（笑）

うっ……ふっ……グスッ……。うっとうしい！

皇子様、食べ切れなくて悔し泣きです。箸《はし》を握《にぎ》りしめ未《いま》だわずかに残るラーメンを前に泣いてます。

誰もお前の食べ残しは食べないぞ！　てか、普通に残せばいいのに。誰も怒らないのにね！

「ルーク殿下、無理して食べなくても構わないですよ」

あー、お母様が生暖かい眼差《まなざ》しで優しく語りかけてる。残念な子を見るような眼差《まなざ》し〜（笑）

「分かってる……グスッ……せっかくのラーメンを残すのが辛いんだ……うっ……」

まぁ、十八年ぶりのラーメンですものね。食べ切れなくて、悲しいんですね。

「ルーク殿下、また食べれますし、泣くことはありませんわ」

今日だけじゃないと分かれば、泣きやむかな？

……チッ……なんだ、その捨てられた犬みたいな目……

「本当？　本当にまた食べれる？」

なんだ、その言い方ぁ！　子供かぁ！　甘えん坊かぁ！

「もちろんでございますわ、ルーク殿下。なんなら明日の昼食でも私は構いませんわ」

ホントね、明日の昼なら食べれると思うのよ。

「明日の昼も食べるなら、あっさりした醤油《しょうゆ》がいいわ」

お母様からリクエスト来ましたぁ！

「そうだな。だが、唐揚げも食べたいものだ」

ふむふむ、お父様は唐揚げご所望《しょもう》と。

「唐揚げ、いいわね！　ふふ……なんだか、飲みたくなるわ」

うん？　明日の昼、唐揚げをつまみにワインをちょっと飲むくらいなら馬車で揺られても大丈夫でしょうけど……

「明日の昼、ラーメンと唐揚げ食べる……グスッ……ありがとな、エリーゼ嬢」

………もう小っさい子供にしか見えなくなったな…………

うん、まぁいっか。宮殿暮らしなら、エネルギー消費は少ないでしょうしね。

食べれなくても仕方ない。

「エリーゼ、すごく美味《おい》しかった。さすがに満腹になったよ」

キャスバルお兄様、淡々と完食いたしておりました！　キャスバルお兄様……黙々《もくもく》と食べ進めていくのよね……上品かつ優雅に食べ進めるから、いつの間にかおかわりしてたりするし驚いちゃうときあるのよね。

そういや、お父様も食べてたしトールお兄様も……チラリ……お父様はまだ食べてるか……ちょっ！　トールお兄様、完食目前！

「ふぅ！　食べた！　エリーゼの作る料理は美味《おい》しくて、つい食べすぎちゃうな！　私も満腹！」

トールお兄様、食べ切った！

「俺もいつもより食べた……でも、おかわりを食べ切れなかったのは正直辛い」

そっか、いつもより食べてたのか……意外と小食なのか？

「生まれてこの方、これほど味が濃くて脂《あぶら》っこいものは食べたことがない。本当にありがとうエリーゼ嬢」

そうだった！　我が家では、もはや普通になりつつある油物だが世間一般では普及してなかった！　味付けも世間では塩とわずかなハーブくらいだったわ！　そりゃあ、初めて尽《づ》くしじゃ残しても無理はないわ。胃がびっくりするよねー。

「思いのほか、食べてしまったよ。エリーゼ、これでお終《しま》いかな？」

なのに食べちゃうとか……ラーメン、恐ろしい子！

あっ、お父様が完食です！

「料理長にリンゴのシャーベットを出してくれるよう、伝えてください」

お口直しは必要だもの！　サッパリさせたいわ！　……サッパリしますよ、この世界のリンゴは日本でいう紅玉《こうぎょく》みたいなのしかないからね。品種改良？　何それ？　って感じだから、ふじみたいな甘ーいリンゴはまだないのです。

「かしこまりました」

執事《しつじ》が返事と共に消えました。優秀ですね。

「リンゴのシャーベット……」

おっ？　皇子様がなんか、食いついてきたぞ。

「シャーベットもあるのか……？」

あるっていうか、作ったんだよね。最初は氷魔法で作ったんだけど、面倒くさくなっちゃってさ……冷凍庫、こっそりチマチマ……出来心で作ってみた（笑）

試作品二号は小さいながらも、冷凍機能がちゃんとできたからね。二号ちゃん使えば誰でも作れるようになったのさ！

ちなみに一号は冷蔵庫（野菜室レベル）になってしまった、しかも小さい（キャベツ二個くらいしか入らない）。

「ありますよ。ある程度材料と作り方が分かって、材料が入手できるものは作れます。材料が入手できないものは、作れません」

スパイスてんこ盛りのカレーとかは作れない。コショウですら入手できないんだもの、数十種類も使うカレーとか無理。輸入品目とか見たことないから、領地に帰ったら是非《ぜひ》とも見たいのよね！

「そうか……じゃあバニラアイスとかも作れるのか？」

バニラアイス！　作れるもんなら作りたいわ！

「それは無理です」

ガーンって顔すんな！　食べたいのは私も一緒！

「牛乳とバニラビーンズが入手できません。ですから乳製品のためにも領地に帰り、サテュロス（雌《めす》）を捕まえたいのです。バニラビーンズに至っては存在すら未確認ですので、無理です」

泣きそうな顔で私を見る皇子。もはや、様付けできないレベルにまで落ちちゃいました（笑）

「お待たせいたしました」

あらやだ、シャーベットキタワァ！　小さい小洒落《こじゃれ》たガラスの容器にちょっとだけ入ってた。わずか三口程度で終わってしまう量だけど、それで十分なのよ。

……キラキラした目でシャーベット見つめちゃうとか、どうなのよ……皇子のそのキラキラビームが令嬢じゃなく、シャーベットに注《そそ》がれてるとかウケる（笑）

……さっさと食べよう、溶ける前に！

パクパクパクッ！　終了！　皆も一瞬でした！　皇子も一瞬でしたね！

だが、皇子よ……寂しげに切なそうな顔して容器を見つめんな！　シャーベットはお前の恋人じゃねぇ！　そしてチラチラ私を見るな！　おかわりはなしだ！

「おかわりはございません！」

チッ……あらやだ、思わず舌打ちしちゃった。

だって仕方ないじゃない……まるで恋人と引き裂かれたような悲しくも美しい顔をし

て、私のこと見るんだもん。イラッとしちゃったんだもん！

「失礼いたしました。ルーク殿下。ですがそのようなお顔をしても、お出ししません。体を冷やすほどの量をお出しすることはしたくありません」

……ウチ、お金持ちだから魔道具《まどうぐ》で室内は暖かだけど廊下《ろうか》は寒いからね！　移動中に冷えちゃうぞ！

「そうだったな……すまない、考えなしなことを言ってしまうところだった」

素直に謝る皇子とかカッコイイ……ビジュアルがいいってすごいなぁ……でも、心はときめきません！　なぜなら口元は脂《あぶら》でテカったままですから！　…………焦がしネギもお顔についてます…………

「いいえ、分かっていただけて嬉しいです」

うん、ホントだよ。

「さて、食事も済んだことだしサロンに移ろうか」

え？　お父様、本気？　私、自室にトンズラしようと思ってました！　ま、行くけど。

旅は道連れと言うじゃないか……

「待ってください。せめておしぼりで手と顔を拭《ふ》かせてください」

立ち上がろうとするお父様に待ったをかける。以前、テーブルにナプキンを各自セットしよう！　と提案したが通らず。だけど手とか汚れたままなのは辛く、服で拭《ぬぐ》うとか嫌なんで食後におしぼり（正しくは濡れハンカチ）を出してもらうことにした。自動的に用意はしてもらえないけど、要求すると執事《しつじ》が持ってきて家族全員に配られる。

今も執事《しつじ》がサッと消えたので、そのうち持ってきてくれるでしょう。あら、もう来たわ……さすがだな、よく分かってる！　手を拭《ふ》き拭《ふ》きしながら、トールお兄様に笑顔で頼み事をしよう！

「トールお兄様、ルーク殿下は我が国の最新版の魔物図鑑《ずかん》をまだ見てないんですって。是非《ぜひ》ともお見せしたいの。トールお兄様、見せてくださいませ」

そう！　ここは可愛くおねだりだっ！　帝国とは違うのだよ！　魔物がわんさかいるんですよー。

しかも気候が違うからなのか、多種多様で自国で図鑑《ずかん》出さないと困っちゃうんですー。

「そうだね、フレイにサロンに持ってくるよう伝えてくれるかな？」

「かしこまりました」

目線は私に合わせたまま、執事《しつじ》に言付《ことづ》けるトールお兄様カッコイイ！　フレイに持ってこさせるんですね！　腹ごなしの運動……は後でするから、お使いはその前哨戦《ぜんしょうせん》みたいなもんかな？

「最新版……魔物が多いとは聞いているが、新たに発見されたものがそんなにいるのか……」

驚いてるね…………だが、図鑑《ずかん》を見たらもっと驚くぞ！　私は驚いた！

以前は名前と言い伝えだけ軽く書かれてたのが、最新版では姿を確認されたことで絵図と追加情報が載せられたのだ！

「ええ、姿が確認されたことで絵図などが追加されましたの。是非《ぜひ》とも見ていただきたくて……」

「続きはサロンでいいだろう？」

あっ！　お父様から催促《さいそく》されちゃった。

「はい、お父様」

椅子から立ち上がり、しずしずとお父様・お母様・お兄様たちの後についていく。

なぜか隣に皇子が並んできました。

「そんなに見せたいのか?」

小声で聞いてきます。当たり前です、見せたいからトールお兄様に頼んだのです。

「もちろんです。私たち明日から領地に向けて旅立つのですよ。ルーク殿下も一緒に来るのでしたら知ってもらった方がいいに決まってるでしょう?」

正論なハズ! 決してピカ◯ュウを見せて反応を楽しもうとかじゃないですよ!

「……そうだな、一緒に行くから知らないより少しでも知ってる方が戦いやすいしな。ありがとう、助かるよ」

ついてくるのね。真っ当な答えとか、ちょっと心苦しいわぁ…………あ……サロン着いちゃった…………

「トール、最新版持ってきたぞ」

「あぁ、ルーク殿下に見せたいとエリーゼが言ったからな」

「さすがエリーゼ様は優しいな」

「フレイ、後でお仕置きな」

「え? なぜお仕置きされるのか分からないが…………それは許してほしい」

「許さない。覚悟しとけ」

「……はい」

廊下《ろうか》の隅《すみ》で小声だったけど、耳ダンボで聞いちゃいました！　トールお兄様とフレイの会話！　チラッと見たフレイは頬染《ほお》めてましたぁ！　何々？　お仕置きに期待なのぉ⁉

フレイったら、チャラ男っぽいのにM男仕様なの？

想像しちゃーう！　………でも、トールお兄様……お仕置きとか言っちゃうんだね。それも意外だった。


………サロン………皇子をどこに座らせるか…………

チッチチッチチーン！　メンドクセエ！　隣に座らせよう！　どうせ婚約破棄《はき》された私に、真っ当な相手なぞ見つからねぇ！　構うものか、淑女《しゅくじょ》らしさなぞ求められても困らぁ！　ってなわけで隣に座らせよう。ヤケクソ（笑）

「ルーク殿下、一緒に図鑑《ずかん》を見ませんか？　私はあちらの寝椅子がお気に入りなのです、隣に座っていただけますか？」

よし！　頑張ってみたぞ！

「ありがとう、では隣に座らせてもらうかな。フフッ、隣り合わせで図鑑《ずかん》を見るなど、子供の頃以来だ」

オーゥ！　キラキラの皇子様オーラが眩《まぶ》しいデース！

「では、隣にどうぞ」

先導し、寝椅子に軽く腰かける。皇子もニコニコしながら、私の隣に座る。そしてトールお兄様がソッと私たちの前に図鑑《ずかん》を置いてくれた。

優しい！　トールお兄様素敵！　もう、素敵すぎて笑顔がこぼれちゃう！　ホントだよ、さっきのフレイとのやり取りを思い出してニヤついてるわけじゃないよ！

「トールお兄様、ありがとうございます。我が国の多種多様な魔物の姿を、図鑑《ずかん》とはいえ殿下に見せたかったのです」

よし！　ちゃんとお礼も言った！

カチャカチャとお茶が運ばれてきました。………お茶だけかな？　焼き菓子あるかな？

コトンコトンと焼き菓子が載ったお皿が二皿、あっちとこっちに置かれました！

やったね！

「ジェニファー、今日はルキノ子爵に助けられた。父君に手紙を出すときには、私が感謝していたと伝えてくれないか？　もちろん、子爵にはその場で礼はしたんだがね」

キャスバルお兄様がサラッと、ジェニファーに言いました。

ジェニファーが頬《ほお》を染めてキャスバルお兄様を見つめてます。

「かしこまりました。父もキャスバル様を助けられて嬉しかったと思います」

ニッコリ微笑《ほほえ》むキャスバルお兄様、罪作りー！

「すごいな……攻略キャラじゃないのが不思議なほどの格好よさだな」

ルーク殿下が小っさい声でコソッと耳打ちしてきた。皇子が格好いいと褒《ほ》めるキャスバルお兄様さすがです！

「それより図鑑《ずかん》見て」

私もコソッと耳打ちします。…………コレ、客観的に見たら微笑《ほほえ》ましいのか？　なんか、お母様の眼差《まなざ》しがホンワカしてるわよ……

皇子が分厚《ぶあつ》い図鑑《ずかん》を適当にパタンと広げた。か……か行か……フンフンと頷《うなず》きながら見ている………

そろそろだな……ペラン…………雷狼《かみなりおおかみ》（大型）。

ハッキリ言おう、『一狩り行こうぜ！』で有名なジン◯ウガだよ。皇子、めっちゃ凝視《ぎょうし》です！　ガン見です！　分かります、まんまですもんね！　最近、姿が確認されて絵図が載ったやつですよ。

ちゃ笑顔です。

……皇子の目がキラッキラしてきました。これはアレです。お楽しみを目前にして期待に満ち満ちた目ですわ！　グリンッと私に顔を勢いよく向けてきました。めちゃく
「一狩り行こうぜ！」

言いやがりました。ペラリとページをめくり、雷《かみなり》ネズミを開きます。今度は私の番です。

「ゲットだぜ！」

は？　とキョトンな顔してますが、チラッと図鑑《ずかん》を見るとコクンと頷《うなず》き。

「雷《かみなり》ネズミ、ゲットだぜ！」

ノリがよくて助かった（笑）

「二人共、お口が悪くてよ」

二人揃《そろ》って、お母様から注意されました。テヘペロ～☆　心の中で！

「ほう……確認された地域はどちらもシュバルツバルト領か……」

皇子……真剣だな！　一狩り、マジで行く気だな！

楽しそうだが、まずはサテュロス（雌《めす》）なんで、そいつらは後回し決定なのだ！

「ふふ……行きたくなる気持ちは分かりますが、私はサテュロス（雌《めす》）を何がなんでも捕まえなくては！　と思ってますの。そちらも我が領で目撃されてますのよ。だから早

く領地に帰りたいのです」

濃厚ミルクとか、はよ手に入れたいじゃん！　チーズ！　バター！　生クリーム！　それらの先にはケーキ！　クリームシチュー！　ピザ！　グラタン！　ｅｔｃ．ｅｔｃ．……広がるお菓子と料理の世界！　そして美容と健康！

まっ、帰る途中で素敵な魔物に遭遇《そうぐう》したらそれも迷わずゲットだね！

「そうか……まずはクリアしなければならないモンスがいるのか。なかなかの縛りクエなのだろうか……」

うん、皇子……モンスとか縛りクエとか言うなや！

ふぁ…………おっと！　腹が膨《ふく》らんで幸せいっぱいで眠気に襲われたわ（笑）

あんまり重要なことを話してるわけでもないしね。明日のためにも早々に自室に帰るか……

「ルーク殿下、私……明日のためにも自室に戻ろうかと思ってますの」

眠いんじゃい！　ちょっとだけだけど…………

「明日のためにも……そうですね、明日のことを考えれば早々に休むのは大事なことですね」

皇子、ちゃんと言えるじゃん！　今、すごく皇子様っぽかったよ！

ス……と立ち上がる。この音を立てずに体もふらつかせることなく立ち上がるのはなかなか大変で、きちんと体を鍛《きた》え上げた令嬢だけが身につけることができるのだ！

ホントだよ！　大して鍛《きた》えてない弱々しい令嬢はふらつくし、まっすぐ立ち上がれないのよ！

「お父様、お母様、お兄様たち……今日はなんだか疲れてしまいましたの。先に失礼して休むことを許してくださいませ」

いやぁ、ホント疲れちゃったよ。主に王子や皇子へのツッコミで（笑）

ツッコみすぎて、体力と精神力がヘットヘトですわ。

「そうだな、あの王子にはさんざん失望したが、今日は大分《だいぶ》極まっていたな。あれでは疲れて当然だ。それなのに食事の指示を前もって出しておいてくれるとは……エリーゼは私の自慢の娘だよ。ゆっくり休むといい」

あー……お父様、かなりキテるなぁ……お父様も疲れてるじゃん……

「はい、ありがとうございます。では先に失礼します。お休みなさいませ」

ペコリと頭を下げ、スルスルと扉に向かう。

「お休みエリーゼ。いい夢を」

お父様の渋《しぶ》カッコイイ笑顔。

「エリーゼ、ゆっくり休んでね」

お母様の優しい笑顔。

「お休みエリーゼ」

キャスバルお兄様の頼もしい笑顔。

「エリーゼ、お休み」

トールお兄様の一見するとチャラ男っぽい笑顔。

家族から挨拶《あいさつ》され、振り返って頭を下げる。

「お休みエリーゼ嬢、今日は色々ありがとう。楽しみが一気に増えた」

そう言ってくれた皇子様にもニコリと微笑《ほほえ》んで一礼する。

「エリーゼ様、今廊下《ろうか》にアニスが着きました。どうぞ自室へと、お戻りくださいませ」

執事《しつじ》に淡々と静かに告げられ、笑顔のまま扉を開きサロンを出る。廊下《ろうか》にアニスが待ち構えていた。

「お待たせしましたか？　エリーゼ様」

なんか幸せそうなアニスが可愛い。

「今、戻るところだからちょうどよかったわよ。さ、行こう」

私はアニスの手を取り、クスクスと笑いながら歩き出す。アニスも私の手を握《にぎ》り、クスクス笑いながら隣を歩く。石造りの大きな邸《やしき》で冷えるけど、心がホンワカ温かい。お腹いっぱいで幸せ。

気心の知れた幼馴染《おさななじ》みのような侍女。繋《つな》いだ手から、ホンワカ気持ちが伝わってくる。長い廊下《ろうか》も意外とある段数の階段も、苦にならない。特におしゃべりする必要もない。そんなときがたまにはあってもいいじゃない。

でも、そんなときに限ってすぐに自室に着いちゃう。お腹いっぱいだから、今さら紅茶も欲しくない。

「エリーゼ様、今日のすごく美味《おい》しかったです。エリーゼ様が婚約破棄《はき》されて、どうなっちゃうんだろうって思ってましたけど、今はこれでよかったと思ってます」

えー！　アニス、ぶっちゃけすぎぃ（笑）

「フフッ、アニスったら……私、婚約破棄《はき》されて困るような生き方してませんわよ。……………そうね、いざとなったら料理屋かお菓子屋でもやろうかしら？」

ちょっとした思いつきで言った言葉にアニスは目を爛々《らんらん》と光らせた……なんでかな？

「エリーゼ様……私、毎日通います！　エリーゼ様の作るお料理もお菓子も最高に美味《おい》しいんですもの！　エリーゼ様が食べすぎると太るって仰《おっしゃ》ったから、食べないように我慢してました……でも、エリーゼ様が運動すれば大丈夫って教えてくれて……ですから、私……思い切り食べて、鍛練《たんれん》に励《はげ》んでます！　父様も最近では私のこと強くなったって言ってくれますし！」

えー！　そっかぁ……あのお父様の側近のアレクがねぇ……

「じゃあ、私……アニスに負けちゃうわね」

「そんなわけないでしょう！　エリーゼ様、どんだけ強くなるおつもりですか！」

え？　私……変なこと言ったかしら？　正直キョトンですわよ。

「私……毎日鍛《きた》えてますけど、側近の皆さんに認められるほどではないと……」

ホントのことを言ってみた。

「……エリーゼ様……安心してください！　すでに父様をはじめとする側近の方々は『エリーゼ様には負ける！』と言ってます！　奥様にもです！　旦那《だんな》様が父様に『何をどうやってもフェリシアに勝てない！』と敗北宣言をなさってますが、一月《ひとつき》ほど前にエリーゼ様にも勝てる気がしないとこぼしておられたのを私たちは知ってます」

一月《ひとつき》ほど前……だと…………あれか、王宮でのワンパン・ワンゲリか！　…………そうだ、確かあのときの相手……王国最強の盾《たて》とか呼ばれてたはず……

やっちまったなぁ！

あの人、元気に仕事してるかな？　なんかボロ雑巾《ぞうきん》みたいになってたけど…………思い返せば、あちこちからカチカチと鎧騎士《よろい》が震えるような音が響いていたような気がするわ……

「そうなのね……でも、いつかアニスの父様であるアレクと手合わせしてみたいわ」

ニッコリ笑顔で言ってみた！

「やめて！　父様死んじゃう！」

「ちょっとヒドくない⁉」

アニスのボケなのか、本音なのか分からない発言に即答しちゃいました。

「いえ、死にはしないでしょうけど負けると思います」

思案顔で言われました……たぶん、本音でしょう。

「そうかしら」

「そうですよ。さて、私も明日がありますし下がりますね……」

うん、いい時間だしね。

「そうね、明日から馬車の旅だもの。ゆっくり休まないとね」

馬車の旅はツラいのだー（笑）

「エリーゼ様、お休みなさいませ」

アニスはなんか一仕事終えたようなホッとした笑顔で私を見つめている。ずっと私に仕えるとまで言い、どこまでもついてくると誓《ちか》ってくれた侍女だ。

私もくだけた笑顔でアニスを見つめ返す。

「お休み、アニス」

「はい」

スンゴイ可愛い笑顔で、返事をするアニス。もう！　可愛いなー！

ペコッと礼をして侍女部屋の扉の向こうに消えた。

……部屋付きってことは、私の自室の一部の部屋を割り当てられている特別な侍女ということなんだよ。しかも本当ならアニスは、私が婚姻《こんいん》していたらそのまま王宮についてくるはずだったんだよね。

いや、他にもついてくる侍女はいたけどさ。

ドレスや靴《くつ》をポイポイと脱ぎ、衝立《ついたて》に引っかけておく。パン一（正確にはふん一）でベッドの中に潜《もぐ》り込む。明らかに羊毛じゃない、なんかフワフワとした毛織物の毛布は温かく軽い。肌触りもモフモフと気持ちがいいので、夜着とか寝間着《ねまき》とか着ない方がいい。

明日はお昼ごはんの後に領地に向けて出発かぁ、あーあ……これが乙女ゲームじゃなくてアクションとかＲＰＧとかならステータスがどうのこうのって話になるんだけどなぁ……

その後の乙女ゲームか……ラノベだとざまぁの後は素敵な男性と人生やり直し！　とかだけど、正直恋愛とかはお腹いっぱいな感じなのよね。むしろ領地に帰ってやりたいことどんどんやりたい。

思い切りやりたいことやって死ねるなら、それが一番よ。

今度の人生は後悔しない！　家族に愛されて、才能も実力もあって……それにルーク殿下っていう前世のことも今世のことも色々話ができる、男の人だけどこんなに仲よくなれる人が現れたら人生楽しく感じちゃう！　ウジウジするのなんてモッタイナイ！

人生には限りがあるのよ！　思い切り行こう！　私は私らしく！　我慢は最小限に！　目指せ、ストレスフリーよ！

さて、寝よう。

……寝つきのいい体サイコー……

…………お休みなさい…………

婚約破棄・翌日　母親たち

まだ、陽が昇りきらぬ時間に手紙が届いた。

私は一人、ベッドから身を起こす。

夫とは寝室《しんしつ》が別になって久しいが、寂しいとは思わない。温まりたいと思えば、相手の寝室《しんしつ》に行くだけで済むからだ。

手紙の宛名《あてな》はフェリシア・ド・シルヴァニア。

私の旧姓、帝国での名前。

これの意味するところをこの国で知っているのは夫と学園時代からの友人であるグレース……この国の王妃だけ。いや違うか……第二王子妃もか……その三人だけだ。

シルヴァニア家は隣国ゴルゴダ帝国の宰相《さいしょう》を代々務める公爵家。

広大な領地、強大な権力、王家に次ぐほどの財力を持つ。

だが、貴族も平民もシルヴァニア家のことを尊敬している。責めることも羨《うらや》むことも妬《ねた》むことも一切ない。

なぜか？　答えは簡単だ、シルヴァニア家の男たちは善政《ぜんせい》を布《し》いて帝室を支えることに邁進《まいしん》し、女たちは帝国のために心身を鍛《きた》えて男たちとは違う力を使い、敵対する者を始末するからだ。

武器を振るい、闇夜《やみよ》に紛《まぎ》れ……いつしか、一騎当千《いっきとうせん》だの一級の暗殺者集団だのと噂《うわさ》されるようになった。が、その噂《うわさ》も高位貴族の当主たちが囁《ささや》いているだけだ。

もっとも暗殺者集団というのは事実なのだけれど。

シルヴァニアの女たちは試練を受けて、位《くらい》を授《さず》かる。

最弱位の月明かりを授《さず》かると、ファミリーの一員として扱われる。

そして月華《げっか》、月光と位《くらい》が上がってゆくのだ。

私はシルヴァニア・ファミリーの最上位、月光の位《くらい》を持つ者の一人だ。

グレースは私にあの小娘の暗殺を頼むつもりだろうか？

それとも……昔、一度だけ話したシルヴァニア家の領地にしか生えない薬草から作った秘薬を頼みたいのだろうか？

シルヴァニア家の秘薬。

帝室を支え、貴族からも民からも不平不満を出さないための秘薬。

シルヴァニア家以外では帝室しか知らない。

――孕《はら》まずの秘薬。

呪《まじな》い師の手によって育てられた特別な薬草に呪《まじな》いをかけて作られた秘薬……

この秘薬のおかげで帝室は望んだ娘からの子供だけを授《さず》かることができる。

必要なときは解呪《かいじゅ》すれば再び孕《はら》めるようになるので、多くの女たちはこの秘薬を与えられた。

普通の男であればそれで充分だろう。

だが皇帝は違う。

孕《はら》まれては困る女が多いのだ。

だから、皇帝のみが使う秘薬中の秘薬がある。

――孕《はら》めずの秘薬。

同じように呪《まじな》い師の手で育てられた薬草に複雑な呪《まじな》いが幾重《いくえ》にもかけられた秘薬。

どれほど女のハラに種を蒔《ま》いても決して孕《はら》まない。

しかも解呪《かいじゅ》ができないのだ。

効果が死ぬまで続く呪われた秘薬。

代々皇帝のみに伝えられるこの秘薬のおかげで数多くの側妃《そくひ》を迎えることができるよ

うになった。

野心家の貴族たちの娘をどれほど迎え入れても、子を生《な》さねば意味はない。

孕《はら》まずの秘薬は副作用があるが、感度がよくなり締まりもよくなるとかで皇帝陛下も含め帝室には愛用者が多い。

孕《はら》めずの秘薬はこれといった副作用もなく、無味無臭で分かりにくい。

グレースが孕《はら》まずの秘薬を望むなら、叶えよう。

全てはエリーゼのためだ。

エリーゼは小さい頃は、よく理解できないことを私や夫のみならず息子たちにも言ったりやったりして困らせたものだけど。私や夫の手ほどきを受けて、シルヴァニア・ファミリーに迎えられてもいいような娘に育った。

いつ何時でも帝国に連れていけるほどの逸材《いつざい》に育った娘。

無論シュバルツバルト家の娘として、王家に嫁《とつ》いでもいいと思っている。

だが、あの子をこのようにコケにされて黙っていられる女ではないのだ私は。

必ず、あの小娘を王子妃に据《す》えねば……

婚姻《こんいん》式の夜、この国の王族に嫁《とつ》ぐ娘だけが受ける証立《あかしだ》ての儀。

その場で純潔《じゅんけつ》を無事捧《ささ》げ、あの愚《おろ》かな王子と婚姻《こんいん》したことを皆に知らしめる。

そして、決して孕《はら》むことのない女の末路をたどってもらわねば……な。

支度《したく》を済ませ、邸《やしき》の外に出る。家族全員で出かけることに少々驚いたが気にせず馬車に乗り込む。

小窓から外を見れば、猥雑《わいざつ》で薄汚い街並みが目に入る。

シュバルツバルトの領地の方が、遙《はる》かに美しい。

それに王都に漂《ただよ》う悪臭……高い石壁のせいで風の通りが悪く、悪臭に悩まされずに済んでいるのは小高い場所にある王宮と広い敷地を持つ高位貴族くらいだ。

低位貴族も庶民同様に悪臭に悩みながら暮らしている。

シュバルツバルトでは考えられないことだ。海からの風も山からの風もそれなりに吹くため、悪臭に悩まされることは少ない。

それに、ここ十年ほどはさらに快適な暮らしができている。

………エリーゼは不思議な娘だ。あの子の言うことをなんとか試してみれば、思わぬ結果が出た。

あの娘のためを思えば今回の婚約破棄《はき》は喜ばしいことだが、もっと手順を踏んでくれたらよかったとも思う。

グレースには悪いと思うが、容赦《ようしゃ》はあまりできそうにない。

エリーゼはなんともない風に装《よそお》っているが、十三年も婚約者として努力してきたのだ。

強く美しく、大輪のバラのように育った娘。

可愛い私の娘。

息子たちも可愛いが、娘は特別だ。

母と私が、そうだったように……私と娘も特別な関係なのだ。

シルヴァニア・ファミリーはその名の通りファミリーとして結束・団結している。

その中でも親子や姉妹は特別に強い絆《きずな》で繋《つな》がってると信じている。

なんとなくだが、相手のことが解《わか》るのだ……特に危機に直面しているときなどは、どんなに離れていても。

それにしても、考えれば考えるほど溜息《ためいき》しか出ない。

あぁ…………もう、王宮に着いてしまったわ。


まっすぐグレースの住まう後宮へと案内される。

今現在、王の居室のそばに住んでいるのは最《もっと》も年若い側妃《そくひ》だが、彼女が表舞台に出てくることはない。

これはかつてこの国の王家に起きた出来事がきっかけで、宣言した数の子供（男子に限る）を産むまで表舞台どころか居室付近から出ることすら許されなくなるからだ。

面会も難しく、家族ですらほぼ会えなくなるのだ。

籠《かご》の鳥のような暮らしになるので、側妃《そくひ》の中には正気を失ってしまった者もいたと聞いたことがある。

だが宣言した数の子供を産んでしまえば、後宮に移り公務などをしながら日々を過ごすようになるのだ。

どんどん後宮内を進み、グレースがこよなく愛するバラ園に向かう。

今は九月で秋バラの美しい季節だ。

あぁ……秋バラの輝く美しさと香りが私を迎えてくれる。

「フェリシア様！」

学園時代から変わらない笑顔で、学園時代と同じ呼び方で彼女は私を呼んだ。

「グレース、待たせたかしら？」

嬉しそうに微笑《ほほえ》んで、フルフルと首を横に振る。

「いいえ、たとえ待ったとしてもフェリシア様に会えるなら苦にならないですわ」

「相変わらず、グレースは可愛いことを言うのね」

私とグレースは学園時代に知り合い、親密になった。

姉妹のように、恋人のように常にそばにいた。

そして、たくさんの秘め事を二人で行《おこな》い、学園時代の三年間で、誰にも言えない秘密をいくつも作った。

だから私たちは様々な秘密を共有している。

妹のように可愛いグレースは、たくさんの秘密を私に話してくれた。

この国の王家の暗部としか言えない、王家以外の血を絶対に入れないために年若い娘の尊厳《そんげん》を無視するような掟《おきて》のことも。

帝国では到底《とうてい》考えられないが、二代続けて発覚した不義密通。

これが元で信じられないほど、厳しく監視下におかれるようになった妃《きさき》たち。

まさか自分の娘がその掟《おきて》の犠牲になろうとは夢にも思わなかったが、それも昨日の出来事で心配なくなった。

さて、グレースの話を聞こうか。


人払いされ、他には誰もいない二人きりのバラ園。

思い詰めた顔のグレースからの言葉を待つ。

「フェリシア様、昔……昔仰《おっしゃ》っていた秘薬を……孕《はら》まないという秘薬を私に……」

秘薬のことでよかった。

私は優しく微笑《ほほえ》み、グレースの手を少しだけ……本当に少しだけ力を入れて握《にぎ》る。

「ええ、分かっているわ。孕《はら》まずの秘薬が欲しいのね」

こくりと頷《うなず》くグレースの顔には、苦悩が宿っている。

その強張《こわば》った顔を見つめていると、耐えきれなかったのか涙がこぼれてきた。

「私……私は王妃です。王妃という立場では到底《とうてい》あの子の好いた娘を認めるわけにはいかない。でも……でも、母としては許し認めてあげたい。あの子は若く愚《おろ》かだと思ってはいますが、それでも可愛いのです。都合のいいことをとフェリシア様は思われるかもしれない……ですが、あの子には好いた娘と一緒になってもらいたい……あの子の我儘《まま》を聞いてあげたい、私の愚《おろ》かな願いを許してください」

涙をこぼしながら母親としての気持ちを語るグレースに憐《あわ》れみと同情が湧《わ》く。

やっとの思いで授《さず》かった三人目の男子、その最後の子供が可愛くて仕方ないのは見ていて分かっていた。

母として見れば、どうしようもなく甘やかして育てた末の王子は、ただ王族であるというだけの愚《おろ》かな小僧でしかない。

だが王妃という立場で見れば、王族の血を持つ厄介者。

どこの馬の骨か分からぬ小娘との間に子を持つなど、到底《とうてい》許せないことだ。

私が教えた秘薬の存在を知らなければ、些末《さまつ》なこととしてあの小娘を病気か事故で亡き者にしたであろう。

だがグレースは私から秘薬を教えられ、手に入れることができるのだ。

グレースの葛藤《かっとう》は想像できた。

あの愚《おろ》かな王子を、ただただ甘やかし愛《め》でたグレースの愚《おろ》かさ故《ゆえ》の悩みを。

私は心の中で、ほくそ笑む。

「ええ……ええ、分かっているわ。可愛い王子様の我が儘《まま》を叶えてあげたい、その母としての気持ちは分かるつもりよ。私だって母親ですもの。立場を考えると到底《とうてい》叶えられないということも……でも、あの秘薬があれば……グレースの気持ちも立場も……あぁ、可愛いグレース……私に任せてちょうだい、秘薬は必ず用意しますわ」

私を見つめるグレースの顔から憂《うれ》いが消え、彼女は嬉しそうに微笑《ほほえ》む。

私の口から欲しかった言葉を聞いて、可愛い息子の願いを聞いてあげられるのだ。

「グレース、秘薬は用意します。でも可愛い王子様が種なしだなどと笑われては嫌でしょう？　ならば側妃《そくひ》をすぐさま据《す》えるようにね。それと、旦那《だんな》様が領地に帰ると決められたのよ。婚姻式《こんいん》は早めにしていただきたいの」

こくりと頷《うなず》き、しばし考え込むグレース。

「側妃《そくひ》は婚姻《こんいん》式の一月後《ひとつき》に迎えるようにいたします。少々早いですが、早馬で各貴族に使いをやればどうにかなるでしょう。婚姻《こんいん》式……婚姻《こんいん》式は一月後《ひとつき》ではどうですか？　それより前はさすがに難しいですわ」

いい答えだわ。

「ええ、一月後《ひとつき》に婚姻《こんいん》式ならどうにか旦那《だんな》様を説き伏せられるわね。家族全員で祝福できるわ」

「エリーゼ嬢もかしら？」

「もちろんよ、エリーゼは婚約破棄《はき》のことをあまり気にしてないようだったし。ただ、人前で騒ぎ立てたことには怒っていましたけどね。……あぁ、それで特別製の枕を二個もダメにしたのだったわ……」

思わず愚痴《ぐち》をこぼしてしまう。

本当に特別製でお高い枕だったのだ。

「特別製の……ですか？　詳しくお聞きしても？」

キョトンとしながら聞いてくる姿は、十代の頃と変わらなくて可愛い。

「ええ、力のあり余ったエリーゼは時折《ときおり》クッションや枕に当たりますのよ。あの子の幼い頃は普通のものでよかったのだけれど、育つにつれ普通のものでは到底《とうてい》持たなくなってしまって……頑丈なものにどんどん変わっていって、今では表生地の内側にワイバーンの飛膜《ひまく》を使っているのだけど………今朝二個も穴を空けたと報告を受けて……あれ、本当に高いのよね……帝国に注文しなければ手に入らないし……」

どこまで強くなる気なのやら？

我が娘ながら、末恐ろしいわ……

「ワイバーンの………それほどの力がある方に殴られたり蹴《け》られたりしたら、到底《とうてい》人前に出ることなど叶わないでしょうに……どういうことかしら？」

？　何かしら？　気になることを言ったわね。

「どういうことかしら？　詳しく話してちょうだい」

殴る蹴《け》るですって？　あの子が生身の人間にそんなことをしたら、よほど手加減しても骨折するか肉が抉《えぐ》れるだろうに……

「ええ……昨夜、ジークフリートがエリーゼ嬢は殴る蹴《け》るの暴力を振るう女なのだと喚《わめ》いて……どういうことかと詳しく聞けば、マリアンヌ嬢がエリーゼ嬢に暴力を振るわれた。と……」

愚《おろ》かな……

「そのような虚言《きょげん》を吐き出す娘だったとは……」

「信じるジークフリートもジークフリートです。調べることもせずに一方の言葉だけを、それも己《おのれ》が信じたい方だけを信じるなど愚《おろ》かなことです」

己《おのれ》に都合のいい方だけを信じるとは……

実に矮小《わいしょう》な男に育ったものだ。

まぁ、いいわ……やってないと証明できればいいのだから。

「……殴る蹴《け》るなど、到底《とうてい》ありえぬことだけれど……どのようにするのが一番いいのか……」

グレースに言わせたくて、言葉を途中で止める。

「皆の前で力を振るっていただいてはどうかしら？」

なかなか面白いことを言う。

「大勢の前でやると、令嬢らしからぬと思われてしまうかもしれないわね」

「私たちと当事者だけならば、どうですか？　無論近衛《このえ》たちはおりますが……」

なるほど、面倒な貴族共がいないならエリーゼもやりやすいでしょう。

「力を振るうにしても、よほど鍛《きた》えた者でなければ耐えることができないかもしれないわ」

お飾りの騎士など用意されても困る。

「大盾《おおたて》部隊の者を用意したいと考えています」

大盾《おおたて》部隊、それは指揮官や上級騎士などを守るための部隊。

敵の騎兵を弾《はじ》く大盾《おおたて》を持つ剛力《ごうりき》の部隊。

「なるほど、大盾《おおたて》部隊の者ならば死なずに済むでしょう。たとえ怪我をしても王宮お抱えの治癒《ちゆ》魔術師がいれば安心というものね」

「たまには仕事をしているところを見せてもらわないと、治癒《ちゆ》魔術師も張り合いがないでしょう？」

クスクスと無邪気に笑うグレースの手を撫《な》で、にっこりと微笑《ほほえ》む。

「では、明日にでも証明することになるのかしら？」

「はい。陛下は明日エリーゼ嬢を呼び出し、話を聞くおつもりです」

「話を聞くだけかしら？」

「恐らく。賢王《けんおう》ではないけど愚王《ぐおう》でもない、ただ悪手《あくしゅ》を打つことが多いのです。平和な時勢だから何事もなく済んでいますが、乱世ならば到底《とうてい》持ちませぬ」

グレースもなかなかに手厳しいが、その意見には同意だ。

「そう、では取り計《はか》らってちょうだい」

長い付き合い故《ゆえ》の軽い言葉にも、グレースは快《こころよ》く頷《うなず》く。

「あの二人を婚約させ、エリーゼの潔白《けっぱく》も証明した後だけれど……グレースは何か考えているのかしら？」

男爵令嬢ならば、王族に嫁《とつ》ぐなぞ、嫉妬《しっと》の的《まと》になるだろう。

純潔《じゅんけつ》を守るのは一苦労かもしれない……何も知らない低位貴族ならば。

「こちらで保護いたします」

こちら……ね、後宮で保護するということか……

「どこで保護するつもりかしら？」

静かに微笑《ほほえ》み視線をゆっくりと動かすグレース。

その先を見やり、私も微笑《ほほえ》む。

高い木々の間にわずかに見えるそれは、正気を失った側妃《そくひ》が連れていかれる終《つい》の離宮と呼ばれる建物。

私ですら、容易に入り込めない離宮だ。

並の暗殺者なら近づくことさえできない、その主《あるじ》なき離宮に保護とはなかなか厳重だ。

だが、それだけでは足りない。

「私の侍女をお貸ししましょう」
終《つい》の離宮を眺《なが》めながら、紅茶を飲む。
温かい紅茶が喉《のど》を通り過ぎる。
「ただ、あそこで保護するだけでは不安ですからね。念には念を……ですよ」
（アリエル、おいで）
声にならない声でもって、使役《しえき》魔獣を呼ぶ。
それは私の肩にフワリと止まり、顔を覗《のぞ》き込んでくる。
シルヴァニア家で試練を乗り越えるともらえる、小型の鷹《たか》サイズのハーピーだ。
賢《かしこ》く言葉を理解し、しゃべるこのハーピーは普通の魔物とはわけが違う。
ハーピーと言われているが、本当は違うのかもしれない。
それほど、あまりにも性質や習性その他諸々《もろもろ》が違う。
ただ姿が似ている、それだけでハーピーと呼ばれる魔獣。
「主《あるじ》、どうしたの？」
小鳥のような、少し高い声で聞いてくる。
グレースはすでに何度も見ているため、驚かない。
「邸《やしき》に行ってエミリに『シンシアとソニアを後宮に一月《ひとつき》ほど貸すから、今すぐ向かわせてちょうだい』って伝えて」

その小さな顔を私の頬《ほお》に擦《こす》りつけて囁《ささや》く魔獣。

「分かった。エミリに伝える。行ってくる」

ヒュッと風を感じただけで、姿はすでに見えなくなっていた。

本当に不思議な生き物。呼べばすぐ来るが、普段はその姿を消して主《あるじ》のそばにいるという。

遥《はる》か遠い帝国の父のもとに使いとしてやったことがあったが、わずか二日間で行って帰ってきた。

「いつ見ても不思議なハーピーですね。薄紫色に輝く水色の羽も髪もすごく美しくて……とっても賢《かしこ》い。羨《うらや》ましいわ」

グレースの夢見るような、ウットリとした顔……彼女は可愛いものや美しいものが好きなのだ。

「あげられないわよ」

「分かってますわ。初めて見せてもらったときにそうお聞きして忘れたことなどありません。あの不思議なハーピーは、主《あるじ》以外には呼べないし懐かないのでしょう？」

ちょっと拗《す》ねたように言っているが、本当に拗《す》ねているわけではない。

「ええ、だから特別にグレースの前に出して姿を見せてあげたのよ。好きなのでしょう？」

「はい。フェリシア様、あの可愛らしいハーピーは他では見られませんもの」

クスクスと笑い合い、人払いを終了させて普通の茶会へと戻す。

そしてグレースの侍女たちに、私の侍女を呼び出したことを伝え案内を頼む。

グレースは侍女たちに説明し、明日終《つい》の離宮を準備しておくようにと命じた。

侍女たちは驚き緊張していたが、王家の威信がかかっているのでより強固な警備を施《ほどこ》したいと言えば納得した。

さらにグレースは普段、自分の守りを任せている女騎士隊長を呼び、明日から終《つい》の離宮にも女騎士を配置するように指示する。

しかも、庶民上がりの者をと頼む念の入れように私は感心した。

私の目の前で、どんどん指示を出していくグレースは王妃に相応《ふさわ》しい姿だった。

「グレースは本当に素晴らしいわ。王妃殿下と呼ぶに相応《ふさわ》しいお方ね。ああ、グレースなどと呼び捨てにしては不敬と言われてしまうかしら？」

キョトンとした後、プクリと頬《ほお》を膨《ふく》らませるグレース。顔を逸《そ》らしてから目線だけでチロリと私を見る。

甘えて拗《す》ねてみせる癖《くせ》。侍女たちはクスクスと忍び笑いし、この慣れたやり取りを見守っている。

「ひどいですわ。私がフェリシア様を慕《した》っていると知ってて試すだなんて！」

そう言う彼女に、私はとびきり甘く優しい笑顔を向ける。

「だって、仕方ないでしょう？　貴女のそのお顔が見たくて、ついつい試してしまうのよ！　可愛いグレース」

「可愛いグレースだなんて！　私を可愛いと言ってくださるのはフェリシア様だけですわ！」

嬉しそうな笑顔を見て私も侍女たちもますます笑顔になる。

香り高い紅茶が淹《い》れ直され、軽く摘《つ》まめるようにと果物が並べられていく。

そんな楽しい時間を過ごしていると、後宮侍女に案内されて我が家の年若い侍女二人がやってきた。

私のすぐそばまで来ると、二人はグレースに頭を下げた。

「王妃殿下、この二人は帝国仕込みの侍女です。元はシルヴァニア公爵家にて勤めておりました。私が自信をもってお貸しできる侍女ですわ。是非《ぜひ》とも、第三王子の婚約者である令嬢につかせてくださいませ」

茶番だが、致し方ない。

「もちろんです。常ならばこのようなことはありえませんが、何分《なにぶん》急なこと故《ゆえ》侯爵夫人のご助力……本当に助かります。勤めていただくのは、あの木々に囲まれた離宮になります。三階建てとなっており、件《くだん》の令嬢には三階にて過ごしていただきますが、一部屋しかないので安心してちょうだい」

微動《びどう》だにせぬ二人に私からも言葉をかける。

「無事に第三王子と件《くだん》の令嬢の婚姻《こんいん》式が成立したと明示されるまで、しかと守り仕えよ。是非《ぜひ》とも令嬢のお心を支え、お慰《なぐさ》めし、ジーナとミルを通じて報告するように」

二人はわずかに口の端《はし》を上げて、私の意を理解する。

「かしこまりました」

「お心に添えるよう努めます」

私がコクリと頷《うなず》くと、グレースは近くに控《ひか》えていた侍女長に目配せする。

「では、案内を」

「かしこまりました、お二方どうぞついてきてください」

姿勢を正した二人は侍女長について、この場から離れる。

ジーナとミルはシンシアとソニアのハーピーだ。

これで毎日あの二人から、報告が入る。

「明日から楽しみだわ……」

本当に、明日からあの小娘が離宮で暮らすのかと思うだけで心が浮き立つ。

「ふふ……本当に楽しみなんですね」

「もちろんよ……分かるでしょう？」

「お気に入りの小鳥はいつまでも籠《かご》の中で飼っておきたいものですわよね？」

「その通りよ、小鳥は小鳥らしく籠《かご》の中で囀《さえず》っていればいいのよ」

私たちの意見は一致している。

第三王子の意思は尊重《そんちょう》する。だが嫁《とつ》いでくる娘は王子妃に相応《ふさわ》しくなるまで表舞台には出さない。

また侮《あなど》られるわけにはいかないから、側妃《そくひ》を然《しか》るべき家から迎え子供を儲《もう》ける。

だが……

この先、二〜三年はこれでいいとグレースは考えているだろう。

その後は王子を臣籍《しんせき》に下らせた上で正妻の交代というのが妥当《だとう》な流れか？

わずかに違う、私の意思とグレースの意思。

あの小娘には、この先もずっと籠《かご》の中の小鳥でいてもらわねば……な。

子を孕《はら》み、表舞台に出てこられては目障《めざわ》りで仕方ない。

なに、何年も子を孕《はら》まぬ妃《きさき》など誰も彼も忘れてゆくわ。
民も貴族も……そして王族も……な。

書き下ろし番外編

チャーハンが食べたい！

フンフ～ンフフフ～ン♪

鼻歌交《ま》じりで一人、畑に向かう。畑は私の大事な食材の宝庫です！

婚約破棄《はき》され、今は領地に帰る準備期間です（あ！　出発前に元婚約者様にお祝いを言うミッションもありますが、本音を言えばさっさとオサラバしたいのです。けれどもこれも大事な役目だと思って、なんとか乗り切ろうと思ってます）

植物図鑑《ずかん》を毎日見てますが、食用は思ったより少なく、薬用（主にポーション）や毒草……後は食べられるけどお薦めしないものが相当数あって、正直微妙です。

当然ジャガイモは毒草ですし、私が求めていた醤油《しょうゆ》と味噌のしょうの木やそうの木にガラスープが採れるガラの実は食べられるけど、お薦めしない植物として載っていました。

説明文を見るに丸かじりで判定しているらしく、喉《のど》を通らなかったり、よく分からない味は認められなかったようです（しょっぱすぎたりとか書いてありました）。

分類は生食して大丈夫なもの、加熱して大丈夫なものが食材として載っている。でもそれ以外の所謂《いわゆる》食べられないものやお薦めしないもののページに、食べられるものが多数載っていた。

ニンニクやショウガは生食で辛かったのか、お薦めしないものに分類されてたし、ミョウガみたいな薬味類は載ってすらいなかった。

このぶんだとワサビとかもあるけど、載らなかった可能性もある。

畑に到着し、何かいいものがないか見て回る。

ピン！　とまっすぐ伸びる幅広の葉……どこからどう見てもソレはニンニクにしか見えない、しかも育成途中で食べるには適さない。

畝《うね》にはニンジンがイイ感じに育ってる。

「おや、嬢様。どうなすった？」

お！　トムじいが来た！　ナイスタイミング！

「お昼ごはんまで時間があるでしょう？　で、お昼ごはんに新しい料理を作ってもらおうと思って物色してたの」

ふんふんと聞いてくれてたトムじいの目が、キラーンと光った気がした。

「何が入り用ですかのう？」

そこで青々としたニンニクの葉を指す。

「コレの球根が欲しかったのだけど……」

ニンニクあるかしら？　ってトムじいの顔が少し渋《しぶ》い。ダメ……なのかしら？

「嬢様はこれの球根が要《い》ると……」

「そうよ。コレを炒《いた》めたりして使うと味がよくなるのよ！　風味もよくなるしね！」

「こんな臭いものをのう……じゃが、味がよくなると聞いたのならば別じゃ」

「トムじい？」

「嬢様、コレは納屋にありますじゃ！　今から持ってきますじゃ！」

そう言うとサッと足取りも軽く、木々の向こうへと消えていった。

実は今日のお昼ごはんはチャーハンにしてもらおうと思っていたのよね！　製麺《めん》成功したし、次はチャーハン！　そう、ラーメンと言えばチャーハンでしょう！

なので昨日のうちに料理長にチャーシュー（煮豚……じゃなくて煮猪《いのしし》なのよ）を作ってもらったの！

そう言えば王国にはほとんど豚がいなくて、猪《いのしし》がたくさんいるのよ。ビックリよね。で、肉類も野生じゃないのは鳥と猪《いのしし》。あとは魔物肉、多いのは角ウサギ。数も多くて入手しやすいんですって。色々あるわよね。

ただ王都から離れれば他にも色々な魔物肉があって、なかなか美味《びみ》らしいの。

それと我が家には領地から定期的に、海塩《かいえん》や魚介類が運ばれてくる。魚介類は嬉しいのよね。

あら、いけない。今日のお昼ごはんはチャーハンなのよ！　ネギもいい感じに育ってるのが見えるし、ニンジンと一緒に抜いてもらおう。

麦ごはんも、すごく美味《お》しく食べれるようになったし。お米の代用品としてはイケそうなのよ。けれど、図鑑《ずかん》を見てもお米が見つからなかったのは残念だったわ。

とにかく今日はニンニクがガツン！　ときいたラードでツヤツヤのチャーハンが食べたいのよ！　あ～考えただけでお腹が空いてきちゃう～！

「嬢様！　これぐらいあれば足りるじゃろうか」

そう言ってトムじいが差し出した背負い籠《かご》の中には二十個ほどのニンニクが入っていた。

「うん！　丸っこくていい感じのニンニクね！　ありがとうトムじい。ついでにニンジンとネギを少し抜いて持ってきてちょうだい」

私がそう言うと、トムじいはヒョイヒョイと手早くニンジンとネギ（葉ネギよ！）を抜いて、軽く土を払って背負い籠《かご》に入れた。

チャーハンの具といえば、チャーシュー、ニンジン、グリーンピースに卵が私のイメージなんだけど、玉ネギとか入れてもいいと思うの。昨日の晩ごはんに玉ネギのソテーがあったから、玉ネギはあると思うのよね。

「嬢様、これで足りるかのう？」

背負い籠《かご》にはニンジンの葉とネギがこんもりして見える。

「そうね、十分だと思うわ」

私がそう言うと、トムじいは籠《かご》を背負い、足取りも軽く歩き出した。

って、ちょっと待って！　トムじい早い！

慌ててトムじいを追いかけ、厨房《ちゅうぼう》の外扉前に着きました。

遠慮なく、躊躇《ちゅうちょ》なく厨房《ちゅうぼう》の外扉を開ける。

「おいっ！　誰ってお嬢ですかい」

一際《ひときわ》大きい体、少しだけ荒い言葉遣い。この王都の邸《やしき》の総料理長で、私のワガママに応《こた》えてくれる頼もしい男性が近づいてくる。

「料理長！　今日のお昼ごはんは新しい料理・チャーハンを作ってもらいたいのよ！」

シーンと厨房《ちゅうぼう》内が静まり返った後、料理人達が一気に騒ぎ出した。

味付けは塩のみ！　だった我が家は、私の飯《めし》テロにより大きく変わった。

醤油《しょうゆ》に味噌、ソースにガラスープ。これらに加え、砂糖や蜂蜜《はちみつ》、さらにはラードに椿《つばき》油《あぶら》で、多種多様な料理や甘味《かんみ》が作られるようになった。

最初は私と料理長とトムじいだけだったチーム飯《めし》テロも、今では全料理人が私のワガママを大喜びで受け入れ、協力してくれる。

「麦ごはん、美味《おい》しく食べれるようになったでしょう。だからね、その麦ごはんをもっと美味《おい》しく食べたいと思って！」

料理長は一つ頷《うなず》くと、真顔で私を見る。

「お嬢の指示通りに炊いておきやした。これを使うんですね」

キョロキョロと見回せば、盛り付け台の片隅《かたすみ》に大きな鍋《なべ》が一つ置いてあった。

「へぇ、あの鍋《なべ》に麦ごはんが入っていやす」

うん、ちゃんと炊いてくれてる。

「チャーシューは？」

「昨日のうちにたっぷり作って置いてありやす。上手にできたんで、そのまま食べてほしいくらいです」

そう言ってクイッと顎《あご》をしゃくった先には、大きな寸胴鍋《ずんどうなべ》が置いてあった。これは相当な量を作ったわね……

「じゃあ、玉ネギとニンジンをこれくらいに、大きさを揃えて切ってちょうだい。チャーシューも同じくらいの大きさに切ってね。あ、チャーシューは多めにしてね」

「分かりやした」

私の言葉に料理人達も動き出し、ニンジンや玉ネギの支度《したく》を始める。しまった！　大事なこと言わないと！　ニンニクを籠《かご》から一つ取り出し、料理長に突き付ける。

「料理長！　このニンニクの皮を剥《む》いて、中の球根をみじん切りにして！」

「分かりやした！　おい！」

「はいっ！」って返事と共に籠《かご》からニンニクが全部取り出され、持っていかれた。

騒がしいまま、どんどん作業は進んでいく。

寸胴鍋《ずんどうなべ》を見れば、持ち上げられた煮猪《いのしし》の塊《かたまり》の一つからポタポタと煮汁が落ちて、思わずゴクリと唾《つば》を呑み込んでしまう。チャーシューは焼く派と煮る派がいるけど、私は味が染みてる煮る派なのよ。

ボンヤリとチャーシューが切られていく様《さま》を見て、このまま食べてもいいな……とか思ってしまった。

「お嬢、何をどうするんですかい？」

「まずニンニクをラードで炒《いた》め、香りが出たら野菜を入れる。その後チャーシュー、麦ごはんを順に入れて、さらに炒《いた》める。味付けは醤油《しょうゆ》、炒《いた》まったら出来上がりよ」

「なるほど、麦ごはんを炒《いた》める料理ってことですか！　面白い！」

喜々として料理長は、最近出来上がったばかりの中華鍋に手を伸ばし、調理を始めた。

少し離れた場所へ行き、橙《だいだい》色のニンジンを見て思うところを振り返る。

それは、この世界の野菜や果物は、日本で食べていたものとほぼ変わらないということ。

ニンジンはエグみも青くささもほとんどなくて、甘くて食べやすい。リンゴだって生食向きで、とても食べやすかった。

でもメジャーなものがそうだというだけで、他はそうではない。妙にバランスが悪い気もするけど、こんなものなのか……とも思う。不思議。

それにしても、丸かじりとか多くて内心驚く。そして、すぐ口に放り込むのもどうかと思うけど。何かあればすぐポーション！　の精神は心臓に悪い。

あー……ニンジンと玉ネギの甘い匂いしてきたぁ……お腹空く……

料理長がハンドサインで料理人達をクルクル動かしてる。すごいな……

そうこうしてるうちに麦ごはんが入れられた中華鍋が大きく振られ、麦ごはんも具材も空中を踊ってる。ヤバイ、美味《おい》しそう。

「料理長、味付けが済んだらラードを足して、シットリめに仕上げてね！」

「へいっ！」

ジャッ！　という音が聞こえ、醤油《しょうゆ》の焦げる香ばしい香りが漂《ただよ》う。

想像以上に食欲が刺激される！

「よっしゃあ！」

料理長の雄叫《おたけ》びと共にドンッ！　と盛り付け台の鍋敷の上に中華鍋が置かれる。

見た感じ焼き色もいいし、匂いもいい。

けど最初から上手くいくとは限らない。

積み重なった小皿に、料理長が次々と試作のチャーハンを載せていく。小さなスプーンも添えられ、手渡されたチャーハンは普通に美味《おい》しそうで迷わず食べる。

あれ？　予想してたのと違う。いや、美味《おい》しいとは思うのだけど、何かが違う。

料理長も首を傾《かし》げて何かを考えている。私と料理長だけがコレじゃない感満載《まんさい》である。

「お嬢、チャーハンってこんなモンなんですか？」

「え……もう少し美味《おい》しくできると思うけど……」

思わず歯切れが悪くなってしまう。

うーん……と考え込む料理長。

「お嬢、ちょいと手を加えてもいいっすか？　試してみたいことがあるんで！」

　我が家で頑張ってくれてる、チーム飯《めし》テロの大黒柱である料理長が言うなら任せようじゃないの！　やっぱり頼りになるわ！

「もちろんよ！　料理長に任せるわ！」

　私の言葉に料理長が次々と指示を出して、料理人達もさらに真剣味を帯びる。

　麦ごはんがガラスープで炊かれ、チャーシューの煮汁が容器に移され片付けられた。

　小口切りのネギが山のように作られ、ニンジンも玉ネギもチャーシューも切られてくけど、量はさっきよりずっと多い。

「卵も持ってこい！」

　あったんだ……卵。

　私とトムじいは二人揃《そろ》って、いつもの定位置ともいえる盛り付け台の端《はし》の邪魔にならない場所で待機です。火のついた料理長のヤル気は、見てるに限ります。

　ジャーッという音がして間もなく、ニンニク・ネギの香りが漂《ただよ》ってきました。ヤバいです。すごくいい匂いです。でもガラスープで炊いた麦ごはんは、まだ出来上がっていない。

　どうするのかと思ったら、普通に炊いた麦ごはんが投入された。え？　ホントに？

そして醤油《しょうゆ》が入れられました。さっきより濃い色なので、濃い口ってことですね！

次に溶き卵、最後にネギが入れられました。

中華鍋は火から下ろされ、試作のチャーハンがまた配られます。

「さ！　試食だ！」

料理長の言葉に、パクッと食べる。

テラテラと輝くシットリ系のチャーハン！

香ばしいネギの香りが足され、より美味《おい》しく感じる匂いになってる。口の中に広がるニンニクの香りと相まってヨダレが垂れそう。ちょっと興奮気味に咀嚼《そしゃく》してしまった……

すごい！　さっきのとは違う！

最初のとは別物の仕上がりになってるのよ！

醤油《しょうゆ》の種類と量を変えただけで、大分《だいぶ》味が変わってビックリです！　やっぱり料理長はすごいと感心してしまう。

でも最後の最後、麦ごはんの味にたどり着いて少しだけ残念に思う。

「最後がなぁ……」

料理長の言葉にドキリとする。納得できてないんだ……

「お嬢、味付けはこれでイケると思う。だが正直麦ごはんに不満がある。もう一回、スープで炊いた麦ごはんで作ったヤツで判断してくだせえ！」

「もちろんよ。でも時間は大丈夫なの？」

そろそろ本格的にお昼ごはんの支度《したく》を始めないといけない時間のはずだもの。

「ん？　よし！　もう一回試作を作ったら昼の準備を始める！　麦ごはんはどうした！」

「今、炊けました！」

「よし！　ヤルぞお前ら！　そっちはこのチャーハンに合うスープと肉を焼け！　あと、野菜のザク切りも炒《いた》めとけ！」

一斉に料理人達が動き出す。

再び作られるチャーハン。料理長の手に迷いもためらいもない。

見ているだけの私とトムじいも、一安心です。

だってこの状態の料理長が一番ノッてることは、よく知ってるんだもの。

そうして再び試食……なのだけど、今度は私とトムじいと料理長の三人だけ。

さっきとは少しだけ香りが違う。パクリと食べて、さっきのとは味が違うと感じる。

噛みしめるたびに麦ごはんの味がよくなってて、美味《おい》しく感じる……

「よし、これなら出せるな！　残った試作はじいさん持ってくだろ」

そう料理長は言うと、深皿にチャーハンを盛って布を被《かぶ》せ、手付きの籠《かご》に入れると「コイツも」と言って、ワインも一本入れてからトムじいに籠《かご》を手渡した。

「じいさん、ゆっくり噛んで食べろよ」

「楽しみじゃよ、それでは嬢様、失礼します」

背負い籠《かご》を左手に手付き籠《かご》を右手に持って、トムじいは外へと消えていきました。

「さ、お嬢もお腹が空いたでしょう。このまま食堂に行ってくだせぇ」

「部屋でアニスが待ってるから！」

私はそう言って外扉を開け、自室を目指して走り出した。

RC Regina COMICS
1
原作 竹本芳生
漫画 生倉大福
婚約《こんやく》破棄《はき》されてまして(笑)
大好評発売中!
アルファポリス
Webサイトにて好評連載中!
やらかし悪役令嬢爆誕!!
待望のコミカライズ!
ある日突然、自分が乙女ゲームの悪役令嬢に転生していると気づいたエリーゼ。テンプレ通り、王子から婚約破棄されたけど……そんなことはどうでもいい。せっかく前世の記憶を思い出したのだから、料理チートとか内政チートとか色々やらかしたい！さっそくサクッとざまぁを済ませ、家族も国もみんな巻き込み、乙女ゲーム世界にあるまじき“あの料理”で飯テロを巻き起こして——!?
アルファポリス 漫画 検索
B6判／定価:748円(10%税込)
ISBN:978-4-434-29016-9

新感覚ファンタジー
RB レジーナ文庫

恋の延長戦を迎える!?

レジーナブックス Regina

転がり落ちた聖女

夏目みや　イラスト：なな

定価：704円（10%税込）

一年前、異世界に聖女として召喚された紗也《さや》。役目を果たし、王城で帰還の儀式に臨んだのだけれど、なぜか裏山へ飛ばされてしまった!!　今さら城へ戻るに戻れず、紗也は日本に帰る方法を探しながら、街の教会で歌い手となることに。そんなある日、彼女のもとにかつての護衛リカルドが現れて!?

詳しくは公式サイトにてご確認ください
https://www.regina-books.com/

携帯サイトはこちらから!

新感覚ファンタジー
RB レジーナ文庫

再会した弟が異世界で大暴走!?

チート転生者は、双子の弟でした！

風見くのえ　イラスト：縞

定価：704円（10%税込）

両親を亡くし、天涯孤独になったOLの千《ち》陽《はる》は、遺産目当ての親戚に命を狙われ、絶体絶命のピンチに直面した瞬間、異世界にトリップしてしまった!?　千陽を異世界に召喚したのは、天才魔法使いのアンリ。なんと彼は、18年前に命を落とした千陽の双子の弟で、異世界転生を果たしていて――

詳しくは公式サイトにてご確認ください

https://www.regina-books.com/

携帯サイトはこちらから！

本書は、2019年12月当社より単行本として刊行されたものに書き下ろしを加えて文庫化したものです。


この作品に対する皆様のご意見・ご感想をお待ちしております。

おハガキ・お手紙は以下の宛先にお送りください。

【宛先】

〒150-6008 東京都渋谷区恵比寿4-20-3 恵比寿ｶﾞｰﾃﾞﾝﾌﾟﾚｲｽﾀﾜｰ 8F
（株）アルファポリス　書籍感想係

メールフォームでのご意見・ご感想は右のＱＲコードから、
あるいは以下のワードで検索をかけてください。

アルファポリス　書籍の感想　検索

ご感想はこちらから

レジーナ文庫

婚《こん》約《やく》破《は》棄《き》されまして（笑）1

竹《たけ》本《もと》芳《よし》生《き》

2021年7月20日初版発行

文庫編集－斧木悠子・篠木歩
編集長－倉持真理
発行者－梶本雄介
発行所－株式会社アルファポリス
〒150-6008 東京都渋谷区恵比寿4-20-3 恵比寿ｶﾞｰﾃﾞﾝﾌﾟﾚｲｽﾀﾜｰ8階
TEL 03-6277-1601（営業）　03-6277-1602（編集）
URL https://www.alphapolis.co.jp/
発売元－株式会社星雲社（共同出版社・流通責任出版社）
〒112-0005 東京都文京区水道1-3-30
TEL 03-3868-3275
装丁・本文イラスト－封宝
装丁デザイン－AFTERGLOW
（レーベルフォーマットデザイン－ansyyqdesign）
印刷－中央精版印刷株式会社

価格はカバーに表示されてあります。

落丁乱丁の場合はアルファポリスまでご連絡ください。

送料は小社負担でお取り替えします。


ISBN978-4-434-29106-7 C0193